Paula Weinbach

Denk dich glücklich

Innere Blockaden lösen durch positive Psychologie.
Wie du mit der Kraft deiner Gedanken Ängste
überwindest, unnötiges Grübeln stoppst
und endlich glücklich wirst.

Originale Erstausgabe November 2020
herausgegeben von KR Publishing.

1. Auflage

Bibliografische Information der Deutschen Nationalbibliothek

Die Deutsche Nationalbibliothek verzeichnet diese Publikation in der Deutschen Nationalbibliografie, detaillierte bibliografische Daten sind im Internet unter https://portal.dnb.de abrufbar.

Druck/ Auslieferung: Amazon oder Tochtergesellschaft
Independently published

ISBN:
978-3-948593-44-5 [ebook]
978-3-948593-45-2 [Taschenbuch]

Inhalt

Vorwort

Innere Blockaden entstehen oft unbemerkt, wirken sich jedoch auf unser ganzes Leben aus. Sie schränken uns ein und halten uns klein. Darüber hinaus hindern sie uns teilweise sogar daran, unserem alltäglichen Leben normal nachgehen zu können. Die Auslöser sind individuell und auch der Ausdruck innerer Blockaden kann unterschiedliche Formen annehmen.

Allerdings wollen wir uns nicht länger von unseren inneren Blockaden einschränken lassen, sondern sie nach und nach auflösen. Wir wollen uns von den imaginären Ketten befreien und endlich unser Potenzial entfalten und leben. Dabei soll dir dieses Buch helfen, indem wir bei den Grundlagen beginnen und damit enden, dir wirkungsvolle Methoden zur Auflösung innerer Blockaden mitzugeben.

Das Leben ist entschieden zu kurz, um sich von solchen Dingen einschränken zu lassen. Dementsprechend zögere nicht länger, sondern strebe nach Freiheit in allen Lebensbereichen. Du wirst es dir danken.

Dabei wünsche ich dir viel Spaß und Erfolg.

Paula Weinbach

Unser Geschenk an dich!

Vielen Dank für den Kauf von diesem Buch und deinem damit verbundenen Vertrauen in uns als Herausgeber und in Paula Weinbach als Autorin dieses großartigen Buchs. Das bedeutet uns wirklich viel, weshalb wir dir den Ratgeber „Habit Hacks - 10 unscheinbare Schlüssel Gewohnheiten, die dein Leben verändern," als Download schenken - vollkommen gratis! Zudem möchten wir dir die Möglichkeit eines direkten Austauschs mit der Autorin anbieten. So kannst du z.B. deine Fragen, dein Feedback oder deine Anregungen Paula zukommen lassen - eine tolle Möglichkeit für die Kommunikation zwischen Leser und Autorin!

Diese kleinen und unscheinbaren Schlüssel Gewohnheiten verändern dein Leben - erfahre:

- ✓ wie eine kleine Veränderung beim Duschen deine Disziplin stärkt und dir einen Energiekick verschafft...
- ✓ wie eine Prise Salz dir einen Kickstart am Morgen verschaffen kann...
- ✓ wie eine kleine Einstellung an deinem Smartphone & Computer deinen Schlaf verbessert...
- ✓ noch weitere geniale und unscheinbare Habit Hacks!

Wenn du bereit bist, dein Leben mit einigen simplen Habit Hacks auf das nächste Level zu bringen, dann schaue am Ende nach deinem persönlichen Zugang.

Kapitel 1: Die Welt innerer Blockaden

Die meisten Menschen arbeiten daran, ein zielgerichtetes Leben zu führen. Dabei hindern uns jedoch oftmals unbewusste Hindernisse und innere Blockaden daran, uns zu öffnen, um unser volles Potenzial zu entfalten und die Welt zu verändern. Damit du zukünftig befreit durchs Leben gehen kannst, werde ich dir in diesem Buch Stück für Stück aufzeigen, wie du deine inneren Blockaden auflösen und beseitigen kannst. Dabei fangen wir mit der Theorie und den Grundlagen an, bevor wir in die konkrete Auflösung gehen.

Was sind innere Blockaden?

Innere Blockaden sind Gedanken und Gefühle, die dich daran hindern, zu handeln oder bereits begonnene Vorgänge zu beenden. Generell sind deine Gedanken und Überzeugungen die Grundlage, auf denen du deinen Erfolg aufbaust. Sind deine Gedanken und Überzeugungen beispielsweise unsicher, halten sich dich wie ein Hindernis zurück, wenn du sie nicht beseitigst.

Diese Unsicherheit kann durch unsere Freunde, Kollegen und Familienmitglieder entstehen, die den Samen der Zweifel säen, indem sie versuchen, dich davon abzubringen, deinen Weg zu ändern. Entscheidest du dich zum Beispiel dazu, ein besseres Leben zu führen, wird deine Entscheidung durch alle möglichen Warnungen kritisiert. Dein Umfeld sagt Dinge wie: „Das klingt großartig, aber hast du eine Vorstellung davon, wie viel dich das kosten wird oder wie lange es dauern wird, bis du das gewünschte Ergebnis erzielst?“, „Und was wirst du tun, wenn es nicht klappt?“, „Was passiert, wenn ...?" oder „Du solltest besser bei dem bleiben, was du jetzt hast, zumindest weißt du da, was du hast“. Unabhängig von der Intention der ausgesprochenen Warnungen erhöht sich dadurch deine Unsicherheit.

Das Erlernen des Umgangs mit Blockaden ist der beste Weg, erfolgreich zu sein. Wenn du davonläufst, untergräbst du nur dein Selbstwertgefühl. Dir wird es schwer fallen selbstsicher deinen Weg zu gehen und deine Ziele zu erreichen. Dementsprechend ist es wichtig, innere Blockaden zu lösen.

Welche Arten von Blockaden gibt es?

Die größte Blockade, die uns oft davon abhält glücklich, erfolgreich und selbstbewusst zu sein, ist unser eigenes Ich! In den meisten Fällen sind wir es, die uns davon abhalten, uns vorwärts zu bewegen, wild und frei zu sein, unseren Träumen zu folgen und unser volles Potenzial auszuschöpfen. Wir begrenzen ständig unser eigenes Potenzial, indem wir uns sagen, dass wir nicht gut genug sind oder nicht das Zeug zu etwas haben. Das heißt, wir sind der Hauptgrund für unser eigenes Versagen und wir sind in der Tat oft die Person, die uns unglücklich macht. Dabei sind Angst, Zweifel, Unsicherheit und das Streben nach Zustimmung einige der inneren Blockaden, die uns daran hindern, unser volles Potenzial auszuschöpfen. Dabei hat jeder die Kraft und Fähigkeit, um zu fliegen, zu gedeihen, glücklich zu sein und seine Träume zu erreichen. Aber das passiert erst, wenn wir die Gedanken loslassen, die uns zurückziehen. Mit anderen Worten; um zufrieden und glücklich zu sein, müssen wir die Dinge aus unserem Leben subtrahieren, die uns schaden.

Du bist deine eigene Einschränkung. Wenn du denkst, dass etwas nicht möglich ist, kannst du es nicht tun. Andersherum: Wenn du glaubst, dass es möglich ist, ist es auch möglich. Wir haben immer die Wahl, das Leben anzunehmen oder uns davor zu verstecken. Das Leben zu genießen oder es als Qual anzusehen. Das Leben würde so viel einfacher und glücklicher werden, wenn wir einfach damit aufhören würden, es zu verkomplizieren, indem wir selbstlimitierende Gedanken und Verhaltensweisen loslassen.

Werfen wir einen Blick auf einige der Blockaden, die uns ständig zurückhalten:

Auf der Suche nach der Zustimmung anderer

Wir sind der beste Richter für unser eigenes Leben, Handeln und Verhalten. Wir brauchen nicht die Zustimmung anderer, um zu wissen, ob etwas richtig oder falsch ist. Wenn wir uns immer darum sorgen, was andere über uns denken und sagen, werden wir unser Leben niemals in vollen Zügen genießen.

Das zu tun, was andere Leute erwarten, könnte uns vorübergehend dazu bringen, uns zu mögen, wird uns jedoch niemals glücklich machen. Es wird uns niemals die Leidenschaft und den Antrieb geben, zu fliegen und unser volles Potenzial auszuschöpfen. Und irgendwann werden wir enttäuscht oder fühlen uns niedergeschlagen, weil wir unsere Träume nicht verfolgen. Wir müssen den Mut haben, dem zu folgen, was wir für richtig halten und wofür wir eine Leidenschaft haben.

Deine Zeit ist begrenzt. Verschwende sie nicht, indem du das Leben eines anderen Menschen führst. Lass dich nicht von Dogmen fangen, die das Ergebnis des Denkens anderer Menschen sind. Lass nicht zu, dass der Lärm anderer Meinungen deine eigene innere Stimme übertönt. Und vor allem; habe den Mut, deinem Herzen und deiner Intuition zu folgen.

Zweifel, Angst und Unsicherheit

Eines der größten inneren Hindernisse ist der Zweifel. Wir müssen den Mut haben, zu riskieren, anzufangen und die Herausforderungen des Lebens zu meistern. Das Gefühl von Unsicherheit, Angst und Zweifel lässt uns nicht klar und objektiv denken. Solche negativen Emotionen trüben unsere Wahrnehmung und führen oft zu Fehlentscheidungen - Entscheidungen, die aus Schwäche und Unsicherheit resultieren.

Manchmal, wenn wir eine große Herausforderung vor uns sehen, frieren wir ein. Wir kämpfen nicht, wir halten nicht durch und rennen weg. Manchmal, wenn uns eine große Chance geboten wird, uns zu übertreffen und zu wachsen, zweifeln wir - und die Gelegenheit entgeht uns.

Es ist in Ordnung Angst zu haben, zu zweifeln und die Risiken zu analysieren, aber wenn unser objektiver Verstand sagt, dass es sich lohnt, es zu versuchen, brauchen wir Mut, um die Angst zu überwinden. Wer nicht mutig genug ist, Risiken einzugehen, wird im Leben nicht vorankommen und nichts erreichen.

An der Vergangenheit festhalten

Ich wünschte, ich hätte nicht... Ich wünschte, ich hätte... Diese Worte halten uns nur zurück! Die Vergangenheit ist die Vergangenheit. Wir können es sowieso nicht ändern, also ist es besser, nicht zwanghaft darüber nachzudenken.

Oft können wir uns nicht vorwärts bewegen, um unsere Größe zu manifestieren und unser volles Potenzial auszuschöpfen, weil wir eine starke Bindung an die Vergangenheit haben. Wir bedauern die Dinge, die wir nicht getan haben, die Chancen, die wir nicht ergriffen haben und konzentrieren uns auf die Fehler, die wir gemacht haben. Solch ein negatives Denken saugt unsere Energie auf und lässt keinen Treibstoff für uns übrig, um voranzukommen. Dafür bringt es viel Unzufriedenheit, Trauer und Groll mit sich. Übermäßiges Nachdenken über die Vergangenheit zieht uns zurück. Vergiss nicht, dass jeder Fehler macht. Fehler sind Teil des Lebens. Es ist besser, die Lektion zu lernen und loszulassen. Verweile nicht bei dem, was schief gelaufen ist. Konzentriere dich stattdessen auf das, was als Nächstes zu tun ist. Setz die Energie dafür ein, die Antwort darauf zu finden.

Pessimismus

Durch Pessimismus fühlen wir uns depressiv. Depressionen senken unser Energieniveau und verringern unsere Produktivität. Dabei ist die Sorge eine Manifestation von Pessimismus, die unsere Energie erschöpft und sogar unseren Geist trübt. Beginne nun am besten damit, deinen Geist zu kontrollieren und sorge dich nicht übermäßig um die Zukunft. Wenn du alles getan hast, was getan werden muss, wird die Zukunft für sich selbst sorgen. Dabei erzeugt Kritik nur negative Gedanken und Gefühle. Halte deine Energie jedoch hoch und positiv. Jeder Gedanke ist Energie, jedes Gefühl ist Energie und kann uns daher positiv oder negativ beeinflussen. Positives Denken kann uns eine enorme Menge an positiver Energie geben, um erfolgreich zu sein und unser volles Potenzial auszuschöpfen. Bemühen wir uns nun also bewusst darum, unsere Denkmuster von übermäßig besorgniserregender Kritik und von Pessimismus zu positivem Denken zu ändern.

Niedriges Selbstbewusstsein

Wir müssen an uns glauben, um zu wachsen und zu glänzen. Wie können wir erwarten, dass andere Menschen an uns glauben, wenn wir nicht glauben, dass wir es verdienen? Aussehen, Status und Familie können dabei einen Einfluss auf das Selbstbewusstsein haben, sind aber nicht maßgeblich dafür verantwortlich. Es hängt eher mit dem zusammen, was wir über uns und unserem Selbstbild denken. Es gibt viele Menschen, die ohne Bildung, ohne familiären Hintergrund und ohne Wohlstand sehr erfolgreich geworden sind, nur weil sie an sich selbst geglaubt haben. Sie glaubten daran, dass sie es verdient hätten, erfolgreich und glücklich zu sein, genau wie jeder andere von uns. Selbstvertrauen hat nichts mit äußeren Umständen, sondern deiner inneren Einstellung zu tun. Wenn du daran festhältst, dass es an äußeren Umständen liegt, wirst du permanent enttäuscht und irgendwann frustriert sein. Stattdessen kommt ein hohes Selbstwertgefühl daher, wie du dich in jedem Moment fühlst. Das ist es, was du dir jeden Tag neu ins Gedächtnis rufen solltest.

So erkennst du, dass du innerlich blockiert bist

Innere Blockaden können dich in verschiedenen Lebensbereichen oder sogar in deinem kompletten alltäglichen Leben beeinflussen. Entweder nur unterschwellig oder so stark, dass du dich vollständig unfähig fühlst zu handeln. Dabei können innere Blockaden zu körperlichen Manifestationen wie chronischen Schmerzen, Angstzuständen, Migräne, Geschwüren und anderen Formen von Krankheiten führen.

Darüber hinaus können sie jegliche Bereiche des Lebens beeinflussen, wie zum Beispiel Beziehungen, Finanzen, Karriere und die Gesundheit. Letztendlich variieren die Symptome einer Blockade stark in Abhängigkeit von der Art der Blockade und dem unbewussten Zweck, für den diese Blockade auftritt. Die Person, die eine innere Blockade hat, kann Anzeichen eines Energieverlusts zeigen. Sie klagt möglicherweise über innere Anspannung, übermäßige Emotionen, psychisches Leiden oder unbefriedigende Sexualität.

Das Wichtigste in Kürze

- ✓ Innere Blockaden sind Gedanken und Gefühle, die dich daran hindern, zu handeln oder bereits begonnene Vorgänge zu beenden.
- ✓ Der Hauptgrund für dein eigenes Versagen bist oftmals du selbst. Dabei sind Angst, Zweifel, Unsicherheit und das Streben nach Zustimmung häufige innere Blockaden
- ✓ Denke nicht länger, dass etwas nicht möglich ist, sondern glaube daran, dass es möglich ist.
- ✓ Wir brauchen nicht die Zustimmung anderer, um zu wissen, ob etwas richtig oder falsch ist. Verschwende deine Zeit nicht damit, das Leben eines anderen Menschen zu führen, denn deine Zeit ist begrenzt.

✓ Die Vergangenheit ist die Vergangenheit. Da wir sie nicht mehr ändern können, ist es besser, nicht zwanghaft darüber nachzudenken. Das negative Denken saugt unsere Energie auf und lässt keinen Treibstoff für uns übrig, um voranzukommen.

✓ Positives Denken kann uns eine enorme Menge an positiver Energie geben, um erfolgreich zu sein und unser volles Potenzial auszuschöpfen.

✓ Erfolg und Misserfolg haben nichts mit deinen äußeren Umständen zu tun. Letztendlich ist das Wichtigste, um sein Potenzial zu entfalten, das Vertrauen in sich selbst, dass man alles kann. Dabei begründet sich dein Selbstwertgefühl darin, wie du dich in jedem Moment deines Lebens fühlst.

Kapitel 2: Wie entstehen Blockaden?

Zweifel, Angst, Unsicherheit, Pessimismus, ein niedriges Selbstbewusstsein – all das ist eng mit unserem Glauben und unseren Überzeugungen verbunden. Wenn wir früher eine schlechte Erfahrung mit etwas gemacht haben, dann stärken wir die Überzeugung, dass wir es beim nächsten Mal wieder vermasseln werden. Diese Überzeugungen und Glauben formen wir unser ganzes Leben lang. Wenn wir dann an einem Ereignis festhalten und immer wieder negativ darüber nachdenken, entstehen mit der Zeit innere Blockaden.

Jeder von uns hat eigene Überzeugungen, die unser Leben prägen. Diese Überzeugungen beeinflussen, was wir über uns selbst, andere und die Welt insgesamt denken, aber auch unsere Emotionen und Handlungen werden dadurch stark beeinflusst, was wiederum einen Einfluss darauf hat, wie erfolgreich und glücklich wir sind. Deshalb ist es wichtig, unsere Überzeugungen zu untersuchen und zu verstehen.

Was ist eine Überzeugung?

Eine Überzeugung entsteht dann, wenn wir etwas als wahr befinden und es somit als Tatsache einstufen. Unsere Überzeugungen nutzen wir dafür, um diese Welt zu verstehen und uns durch sie hindurch zu navigieren. Wir nutzen sie auch, um uns zu schützen, sodass wir im Allgemeinen versuchen, unsere Überzeugungen zu bewahren, nachdem sie sich gebildet haben. Unsere Überzeugungen dienen uns als unbewusster Autopilot. Einmal gebildet, werden sie in uns verwurzelt. Wir halten sie für selbstverständlich und gehen auch davon aus, dass sie sachlich sind, unabhängig davon, ob sie tatsächlich wahr sind oder nicht. Unsere Überzeugungen bestimmen, ob wir etwas oder jemanden für gut oder schlecht, richtig oder falsch, schön oder hässlich, wünschenswert oder unerwünscht, sicher oder gefährlich, würdig oder unwürdig, akzeptabel oder inakzeptabel halten. Unsere Überzeugungen bestimmen auch, was wir für möglich oder erreichbar halten.

Überzeugungen entstehen generell auf zwei Arten: durch unsere Erfahrungen, Folgerungen oder durch Akzeptieren dessen, was andere uns sagen. Die meisten unserer Grundüberzeugungen entstehen als Kind, sodass auch die inneren Blockaden gerade dann entstehen, wenn wir alles um uns herum wie ein Schwamm aufsaugen. Wenn wir geboren werden, betreten wir diese Welt ohne vorgefasste Überzeugungen oder Blockaden. Wir suchen in fast allem nach Sinn, weil wir von Natur aus neugierig sind. Unsere Eltern und unsere Umwelt, beispielsweise das schulische Umfeld oder unsere Freunde, spielen bei der Gestaltung unserer Überzeugungen eine große Rolle. Da wir in jungen Jahren nicht in der Lage sind, zwischen Wahrheit und Lüge zu unterscheiden, akzeptieren wir häufig, was uns als Wahrheit genannt wird.

Eine innere Blockade, die bei vielen Kindern entstehen kann, ist die ständige Suche nach Zustimmung. Diese Zustimmung suchen sie erst bei den Eltern, dann den Lehrern oder anderen Autoritäten und auch bei den Freunden. Außerdem wird auch hier Angst oder Unsicherheit geformt, da man oft das befolgt, was die Eltern für richtig halten. Wenn wir älter werden, in die Schule gehen und neue Freunde treffen, wird unsere Überzeugung von einer völlig neuen Umgebung und einer neuen Gruppe von Menschen beeinflusst. Unsere Lehrer erzählen uns Dinge, die wir als Tatsache akzeptieren. Nehmen wir zum Beispiel an, dass wir im Matheunterricht schlecht abschneiden. Unser Lehrer könnte uns sagen, dass wir nicht sehr gut in Mathe sind oder dass wir faul sind. Wir fangen dann an zu glauben, was uns gesagt wird, besonders wenn sich die Erfahrung mehr als einmal wiederholt. So dauert es nicht lange, bis wir glauben, dass wir wirklich schlecht in Mathe oder von Natur aus faul sind. Neben den Lehrern werden wir auch stark von unseren Klassenkameraden beeinflusst. Nehmen wir an, ein Kind wird von seinen Mitschülern gemobbt. Sie sagen diesem Kind ständig, dass es fett, hässlich oder uncool ist. Dadurch kommt es mit der Zeit dazu, dass das Kind anfängt, daran zu glauben und sich als fett, hässlich und uncool wahrzunehmen.

Wenn wir für uns festlegen, dass etwas richtig ist und der Realität entspricht, wird es in unserem Unterbewusstsein als Überzeugung gespeichert. Unser Unterbewusstsein kümmert sich nicht darum, ob diese Überzeugung tatsächlich wahr oder falsch ist. Es speichert sie einfach als Tatsache für die spätere Verwendung. So fungiert unser Unterbewusstsein als Speicher unserer Überzeugungen, die uns unser Leben erleichtern und uns schützen sollen, sodass unsere Aktionen und Reaktionen auf bestimmte Situationen automatisiert werden.

Im Allgemeinen können Überzeugungen von Natur aus befähigend oder einschränkend sein. Begrenzende oder negative Überzeugungen hindern uns daran, unser wahres Potenzial auszuschöpfen. Positive Überzeugungen hingegen ermöglichen es uns, belastbar zu handeln, an uns selbst zu glauben und positive Gedanken und Emotionen hervorzurufen. In gewisser Hinsicht schaffen unsere Überzeugungen unseren Realitätssinn. Dennoch sind sich die meisten Menschen ihrer eigenen Überzeugungen nicht bewusst, weil sie sich nie die Zeit genommen haben, sie sorgfältig zu analysieren. Dies erklärt, warum manche Menschen trotz der schwierigsten Umstände gedeihen und Erfolg haben, während andere scheitern. Es läuft alles auf unsere Überzeugungen hinaus.

Anzeichen innerer Blockaden

Im Folgenden nenne ich dir einige Anzeichen dafür, dass du möglicherweise innere Blockaden hast und dich selbst „sabotierst", bevor du dir anschließend selbst Gedanken machen sollst, welche Bereiche in deinem Leben möglicherweise blockiert sind.

Du lebst in einer „Blase"

In der Komfortzone zu bleiben ist bequem und angenehm. Man kennt alles und kommt nicht in Situationen, die einen überfordern. Wenn du jedoch deine Komfortzone nie verlässt, hältst du dich vollständig zurück und wirst immer mehr vom Gleichen bekommen. Um zu wachsen und die Art von Leben zu leben, von der du träumst, musst du mutig sein und dich manchmal unwohl fühlen. Denn nur so wird es dir gelingen, dein vollständiges Potenzial zu entfalten.

Du denkst nur an das Schlimmste

Über andere, über deine Zukunft, über dich. Wenn du das Schlimmste erwartest, wirst du wahrscheinlich das Schlimmste finden. Du filterst im Grunde genommen alles, was dir passiert, negativ. Sind deine Gedanken ausschließlich negativ, ist es unvermeidbar, dass du in deinem Leben Negatives anziehst.

Du leidest an Aufschieberitis

Egal um welche Aufgabe oder Lebensbereich es sich handelt, du neigst dazu grundsätzlich alles aufzuschieben. Du suchst immer neue Ausreden und Ausweichmöglichkeiten, um zu prokrastinieren. Indem du Dinge auf einen anderen Tag oder eine andere Zeit verschiebst, machst du dir das Leben für dein zukünftiges Selbst allerdings zu 100 % schwerer. Denn allein durch das Verschieben einer Aufgabe, wird sie sich nicht erledigen. Dementsprechend frage dich lieber: Was kann ich jetzt tun, um mein zukünftiges Selbst zu entlasten? Lege dir deine Klamotten am Abend zuvor heraus oder schreibe den Aufsatz jetzt, weil dein Wochenende verplant ist. Was auch immer du jetzt tust, dein zukünftiges Selbst wird es dir danken.

Du sagst niemals nein

Jedem Anliegen, das an dich gerichtet wird, nimmst du dich an. Du schaffst es schlicht und ergreifend nicht, eine Bitte abzulehnen. Dabei spielt es keine Rolle, ob du tatsächlich auf die Aufgabe Lust hast oder nicht. Du wirst jedoch nie die Zeit und Energie haben, deine Ziele und Träume zu verfolgen, wenn du diese permanent beiseite legst, um die Aufgaben anderer Menschen zu erfüllen.

Du redest schlecht mit dir selbst

Deine Einstellung zu dir selbst ist mehr schlecht als recht. Du bist von dir nicht wirklich begeistert, zweifelst häufig und bringst dieses negative Verhältnis auch zum Ausdruck. Wenn du ständig sagst, dass du ein Idiot, dumm oder nicht gut genug bist, dann löst diese Haltung eine Blockade in dir aus, die dich davon abhält dein volles Potenzial jemals entfalten zu können. Denn letztendlich ist es essenziell, wie du mit dir selbst sprichst.

Du hast aufgehört zu träumen

Erinnerst du dich, als du noch ein Kind warst und von ALLEN Dingen geträumt hast, die du sein könntest, wenn du groß bist? Du wolltest Meeresbiologe werden und die Delfine retten, ein berühmter Sänger sein und auch der Präsident. Es ist in Ordnung, wenn deine Träume sich geändert haben, aber wenn sie nicht so groß sind, dass sie dich ein wenig ausflippen lassen, wofür ist das Leben dann überhaupt noch gut? Fange wieder an zu träumen.

Du erwartest Perfektion von allem und jedem

Du erwartest, dass alles perfekt ist - du selbst, alle anderen und das Leben generell. Du denkst, wenn etwas nicht perfekt ist, lohnt es sich überhaupt nicht. Wenn dieser erste Job nicht gut bezahlt und deine Leidenschaft erfüllt ist, kündigst du. Wenn du etwas nicht perfekt erledigt hast, ist es nichts wert. Allerdings solltest du verstehen, dass nichts und niemand perfekt ist. Perfektion ist eine Illusion, die dich zurückhält und dir die Möglichkeit bietet, Ausreden für das nicht entfaltete Potenzial zu finden.

Weitere Anzeichen für eine innere Blockade sind:

- ✓ Du vermeidest Menschen oder soziale Situationen.
- ✓ Du vermeidest Situationen, weil du Angst hast, nicht zu wissen, wie du handeln oder was du sagen solltest.
- ✓ Du verspürst eine Zunahme von Angstzuständen oder Stress am Tag vor verschiedenen Ereignissen.
- ✓ Du leidest unter einem Mangel an Motivation, der lange anhält und verschiedene Bereiche deines Lebens betrifft.

- ✓ Du spürst negative Emotionen, wie zum Beispiel Neid, Eifersucht und Kritik, intensiver als zuvor.
- ✓ Du machst dir Sorgen über verschiedene Lebensbereiche.
- ✓ Du hast Schwierigkeiten, Entscheidungen zu treffen.

Situationen, die diese innere Blockade auslösen, sind oft negativ oder können sogar traumatisch sein. Es sind Stresssituationen, mit denen man nicht vertraut ist oder für die man keine Bewältigungsfähigkeiten hat. Folgend einige Beispiele:

- Traumatische Erfahrungen: ein Unfall, eine Vergewaltigung, Körperverletzung, ein Angriff, Misshandlung oder Untreue
- Der plötzliche Tod eines geliebten Menschen
- Das Ende einer Beziehung oder der Verlust eines Partners
- Eine Entlassung oder Veränderung des Beschäftigungsstatus
- Die Diagnose einer schweren oder chronischen Krankheit
- Ein unerwarteter Stadtwechsel

Emotionale Blockaden treten nicht nur aufgrund negativer Ereignisse auf, sondern auch durch positive. Angesichts guter Nachrichten, die wir nicht erwartet haben, brauchen wir ebenfalls Zeit, um uns an die Idee zu gewöhnen und die Nachricht zu verarbeiten. Die Blockade kommt dann beispielsweise durch die Vorstellung, wie diese Veränderung unser Leben beeinflussen könnte. Dabei spielt es keine Rolle, ob die Veränderung unverhofft kommt oder ein Traum in Erfüllung geht - beides kann gleichermaßen zu einer Blockade führen. Mögliche positive Ereignisse, die eine Blockade zur Folge haben, könnten Nachrichten über eine Schwangerschaft, eine Beförderung bei der Arbeit oder einen Überraschungsbesuch sein.

Finde deine inneren Blockaden

Um herauszufinden, ob du innere Blockaden mit dir herumträgst, musst du dir selbst einige Fragen stellen. Auch wenn dieser Teil etwas Anstrengung erfordert, ist es das absolut wert, da es dein Leben verändern kann. Diese Übung ist am effektivsten, wenn du sie ohne Ablenkungen durchführst.

In welchen Bereichen deines Lebens bekommst du nicht das, was du willst?

____

____

____

____

In welchen Bereichen deines Lebens hast du versucht, dich zu verbessern, aber nicht die gewünschten Ergebnisse erhalten?

____

____

____

Welche Aspekte deines Lebens machen dich unglücklich und unzufrieden?

____

____

____

In welchen Bereichen des Lebens fühlst du dich schwach, machtlos, inkompetent oder zurückgehalten?

____

Nimm dir ausreichend Zeit, um die Fragen zu beantworten. Dies sind wahrscheinlich einige der schwierigsten Fragen, die du dir jemals gestellt hast, allerdings sollte es so auch sein. Sei bei dem Beantworten absolut ehrlich mit dir selbst. Wenn du nicht auf Anhieb eine Antwort weißt, kann ich dir dazu raten, einige Tage darüber nachzudenken und immer mal wieder deine Gedanken zu erweitern. Manchmal ist es nunmal nicht einfach, die Blockaden sofort zu identifizieren. Es kann eine Weile dauern, bis du das Chaos deiner Gefühle überwunden hast, um dieses Rätsel zu lösen. Der Prozess des Durcharbeitens ist wichtig. Verwende ein Tagebuch, wenn es dir hilft, in dem du jeden Gedanken und jedes Gefühl dokumentierst, um alles für dich einzuordnen zu können.

Das Wichtigste in Kürze

- ✓ Überzeugungen entstehen, wenn wir etwas als wahr befinden und es somit als Tatsache einstufen. Sie dienen dafür, diese Welt zu verstehen und uns durch sie hindurch zu navigieren. Dabei beeinflussen sie, was wir über uns selbst, andere und die Welt insgesamt denken, aber auch unsere Emotionen und Handlungen werden dadurch stark beeinflusst.
- ✓ Wir formen Überzeugungen unser ganzes Leben lang. Wenn wir dann an einem Ereignis festhalten und immer wieder negativ darüber nachdenken, entstehen mit der Zeit innere Blockaden.
- ✓ Klassische Anzeichen innerer Blockaden sind beispielsweise, die Komfortzone nicht zu verlassen, immer vom Schlimmsten auszugehen, alles aufzuschieben, niemals

nein zu sagen, schlecht über sich selber zu denken, aufzuhören zu träumen und Perfektion zu erwarten.

- ✓ Weitere Anzeichen sind das Vermeiden von Menschen und unbekannten Situationen, häufiger aufkommende Angstzustände, ein Motivationsmangel und das Schwerfallen Entscheidungen zu treffen.
- ✓ Emotionale Blockaden entstehen sowohl aufgrund negativer Ereignisse als auch durch positive. Dabei entsteht die Blockade durch die Vorstellung, wie diese Veränderung unser Leben beeinflussen könnte, unabhängig davon, ob die Veränderung unverhofft kommt oder ein Traum in Erfüllung geht.

Kapitel 3: Die Auswirkungen innerer Blockaden

Innere Blockaden sind eines der größten Hindernisse im Leben. Diese ungesunde Nahrung für die Seele drückt den Geist nieder, zermalmt deine Ambitionen und hindert dich daran, alles zu erreichen, was du kannst. Wir alle haben diese inneren Stimmen in unseren Köpfen, die uns sagen, dass wir nicht gut genug, nicht stark genug und unfähig sind, die Dinge zu tun, von denen wir träumen. Diese Gefühle der Schwäche oder Inkompetenz gehen oft auf die Kindheit zurück und sind in unserem Wesen verankert. Innere Blockaden können im Laufe der Zeit zu Problemen mit Angstzuständen und Depressionen führen, die wiederum zu schwerwiegenden körperlichen Beschwerden wie Gewichtszunahme, Bluthochdruck, chronischer Müdigkeit und sogar zu erhöhten Sterblichkeitsraten bei Herzkranken führen können.

Die Auswirkungen auf Familie und Beziehungen

Menschen mit inneren Blockaden haben eher Probleme, gute Liebesbeziehungen aufzubauen und aufrechtzuerhalten. Dies kann in jedem relationalen Kontext zutreffen - Liebe, Freundschaft oder Familie. Sehr oft geht es in ihren Beziehungen um ein geringeres Maß an Liebe und Vertrauen sowie um ein höheres Maß an Konflikt und Ambivalenz. Ihre Beziehungen sind oft weniger stabil oder es ist wahrscheinlicher, dass sie sich auflösen. Innere Blockaden führen zu weniger Selbstvertrauen, mehr Angst und Frustration und dies kann eine Beziehung verhindern, bevor sie überhaupt beginnt. Oft ist es die Angst vor Ablehnung und negativem Urteilsvermögen, die eine Rolle spielt. Einige können einfach nicht glauben, dass jemand sie wirklich mag und sich um sie kümmert. Da sich Menschen mit inneren Blockaden in einer Beziehung nicht sicher sind, dass sie von ihrem Partner bedingungslos geliebt und akzeptiert werden, ist die Wahrscheinlichkeit geringer, dass sie verletzlich sind und sie halten sich zurück, Beziehungen einzugehen. Darüber hinaus neigen sie zu Verhaltensweisen, die ihre Beziehungen sabotieren können. Oft halten sich Menschen mit inneren Blockaden zurück und können sich auch der Familie oder engen Freunden nicht öffnen. Zudem nehmen sie vieles persönlich und sehen manche Handlungen als Angriff an.

Wie innere Blockaden die Ausbildung und Karriere beeinflussen

Wenn man innere Blockaden in sich trägt, ist es unwahrscheinlicher, dass man sich wirklich durchsetzten kann, indem man neue Fähigkeiten erlernt, herausfordernde Aufgaben übernimmt, um Gehaltserhöhungen bittet, einen höheren Lohn erwartet und sich sogar für Jobs bewirbt, die mehr zu bieten haben. Jemand mit inneren Blockaden hinterfragt oder bezweifelt häufig seine Fähigkeiten und unternimmt daher wahrscheinlich weniger Anstrengungen bei der Arbeit oder in der Schule. Ein negatives Selbstverständnis bedeutet, dass du dich nicht mit deiner Arbeit identifizieren kannst und in Bezug auf dein Potenzial pessimistisch bist. Du kannst zum Beispiel hassen, was du beruflich machst und glauben, dass dir die Ausbildung und die Erfahrung fehlen, um bessere Möglichkeiten zu finden.

Auswirkungen auf die Berufswahl

Innere Blockaden können Karriereentscheidungen beeinflussen. Wenn du beispielsweise an dich glaubst, wirst du die Wachstumschancen verfolgen. Du wirst auch mehr Chancen eingehen und mit unvermeidlichen Ablehnungen besser umgehen, was wiederum deine Chancen auf den Karriereerfolg erhöht. Wenn du aber innere Blockaden, wie ein niedriges Selbstbewusstsein oder Angst in dir trägst, dann hast du das Gefühl, dass dein Potenzial begrenzt ist. Mit anderen Worten: Wenn du der Meinung bist, dass du die Karriere nicht verbessern kannst, wirst du die sich dir bietenden Chancen aus den Augen verlieren. Das bedeutet, dass du die Wachstumschancen verpasst und dort bleibst, wo du bist.

Wenn die inneren Blockaden für andere sichtbar sind, kann es einen Einfluss darauf haben, wie sie dich wahrnehmen. Wenn du beispielsweise zuversichtlich bist und dich neuen Herausforderungen stellen möchtest, reagiert dein Vorgesetzter möglicherweise auf deine positive Einstellung, indem er dir mehr Verantwortung und eine Beförderung anbietet. Aber wenn deine Blockaden sichtbar werden, wird die negative Einstellung andere dazu veranlassen, ebenfalls an dir zu zweifeln. Dies wirft erneut das Problem eines sich selbst bestätigenden negativen Selbstkonzepts auf: Der Zweifel an deinem Potenzial schränkt deine Chancen ein, indem du andere davon überzeugst, deine Fähigkeiten zu unterschätzen.

Auswirkungen auf unseren Gefühlszustand und unser Handeln

Innere Blockaden hindern uns daran, rational zu denken und zu handeln und Situationen in ihrer wahren Perspektive zu sehen. Wenn dies geschieht, neigen wir dazu, nur das zu sehen, was wir sehen möchten und uns nur an das zu erinnern, woran wir uns erinnern möchten. Das verlängert nur den Ärger oder die Trauer und hindert uns daran, das Leben zu genießen. Je länger dieser Zustand andauert, desto festsitzender wird das Problem. Außerdem kann ein unsachgemäßer Umgang mit Blockaden auch schädlich sein - zum Beispiel wenn Zorn mit Gewalt ausgerückt wird.

Das Ziel von inneren Blockaden, wie zum Beispiel Angst, ist es, unseren Geist zu übernehmen und unser Handeln in eine schützende Haltung zu treiben. Angst ist die Emotion, die uns in einen Kampf- oder Fluchtzustand führt. Wenn deine größte innere Blockade Angst ist, sucht dein Gehirn verzweifelt nach einem Fluchtweg. Wenn du genügend Zeit hast zu entkommen, verwandelt sich diese selbstschützende Emotion in eine stärkere, kraftvollere Form, die dir helfen soll, aus dieser „gefährlichen“ Situation herauszukommen.

Nun übersiehst du die Güte des Lebens, weil du ständig versuchst, den emotionalen Schmerz um jeden Preis zu beheben. Dies führt oft zu Zorn und Wut. Wut ist normalerweise ein Nebenprodukt der Angst.

Diese Wut, begleitet von dem Groll, den du über deine Unfähigkeit verspürst, dich im Leben wohlzufühlen, führt zu einer offensiven Abwehr. Anstatt dich nur vor weiteren Angriffen zu schützen, baust du eine emotionale Armee auf, die bereit ist, bei der ersten Gelegenheit zuzuschlagen. Daraus resultieren dann Schuldzuweisungen, wobei Schuld eine der stärksten Emotionen ist, da sie dir keine Chance gibt, das Ergebnis zu ändern. Dadurch entsteht dann ein immer wiederkehrender Kreislauf aus Schmerz, Angst, Wut, Abwehr und Schuld. Dieser führt letztendlich oft zu Hoffnungslosigkeit, einer weiteren inneren Blockade. Diese Emotion bedeutet für die meisten Beziehungen und Situationen im Leben den Anfang vom Ende. Wenn jemand das Gefühl hat, nichts tun zu können, um das Muster innerer Blockaden zu ändern, kann Hoffnungslosigkeit einsetzen. Die Person möchte dann nicht einmal versuchen, eine positive Veränderung zu unternehmen. Die Menschen beginnen, ihre Ausstiegsstrategien zu planen und überlegen, ob es überhaupt Sinn ergibt, es zu versuchen - es wird sich sowieso nichts ändern.

Anstatt die inneren Blockaden zu verarbeiten, lernen die meisten von uns unbewusst, sie zu vermeiden und ignorieren. Das Vermeiden von inneren Blockaden ist beispielsweise der Hauptgrund für neurotische Tendenzen, zwanghaftes Verhalten und Sucht. Um dies zu vermeiden, nutzen wir Ablenkungen und Anregungen. Wir könnten uns mit übermäßiger Arbeit, Fernsehen, Essen, Alkohol, Drogen, Internet, Einkäufen oder etwas anderem beruhigen, von dem wir hoffen, dass es uns vorübergehend antreibt. Wir versuchen, vor uns selbst davonzulaufen, wobei die Unterdrückung innerer Blockaden enorme Energie erfordert. Dabei könnten chronische Müdigkeit und unsere Besessenheit von Koffein und Nahrungsergänzungsmitteln auf diese Unterdrückung zurückzuführen sein. Zudem sind die Kosten für die Nichtbeachtung unserer Gefühle noch höher. Nicht geheilte Wunden lassen auch unser Erleben positiver Emotionen wie Freude, Staunen, Neugier, Begeisterung und Liebe verstummen. Unterdrückte Gefühle, die ungeprüft bleiben, können unsere Beziehungen zerstören, sich uns elendig fühlen lassen und körperliche Krankheiten verursachen.

Auswirkungen auf die Zukunft

Wenn man innere Blockaden zu lange in sich trägt, können sie sich mit der Zeit als Krankheit oder Nervenzusammenbruch äußern. Setzen wir uns nicht mit uns selbst auseinander, können unsere inneren Blockaden uns kontrollieren, was irgendwann dazu führen kann, dass wir starr, überempfindlich, irrational und unsicher werden. In diesen Situationen haben wir dann den Eindruck, den Grund für diese Reaktionen zu kennen, liegt dieser doch in der aktuellen Situation selbst. Tatsächlich handelt es sich jedoch oft um Traumata aus der Vergangenheit. Dabei konfrontieren uns diese gegenwärtigen „Auslöser" aus einem einfachen Grund mit vergangenen Traumata: Unser Körper möchte nicht mehr der Gefangene innerer Blockaden sein. Es besteht eine enge Verbindung zwischen Geist und Körper, die uns bestimmte Signale senden kann. Wenn eine Person gestresst ist, kann es beispielsweise zu Migräne, Übelkeit, Schwindel, Schwächung des Immunsystems oder sogar zur Auslösung von Autoimmunerkrankungen kommen.

Des Weiteren kann das Schädigen unseres Selbstwertgefühls, unseres Vertrauens und unserer Liebe zu uns selbst zur Folge haben, dass du nicht vorankommst und auf der Stelle trittst. Somit können unsere inneren Blockaden uns davon abhalten, das Leben zu leben, das wir uns wirklich wünschen. Durch das Erleben von Angst und Unglück, sind wir normalerweise weniger motiviert und inspiriert, proaktive Maßnahmen zu ergreifen, sodass wir nur wenig Begeisterung, Aufregung und Energie für die Maßnahmen haben, die wir ergreifen müssen. Befinden wir uns hingegen an einem Ort des Glücks und des Friedens, sind wir motiviert, enthusiastisch proaktive Maßnahmen zu ergreifen, um das zu erreichen, was wir wollen.

Der unbewusste Einfluss innerer Blockaden

Du kannst dir darüber bewusst sein, was du anderen Menschen sagst, welche Informationen du teilst und wie du auf sie wirkst. Doch wie oft kannst du deine inneren Blockaden und das negative Selbstgespräch spüren, das du mit dir führst? Vermutlich selten bis gar nicht, dabei kann dich das negative Selbstgespräch nachteilig beeinflussen. Im Gegensatz dazu führt eine Umstellung auf eine positivere Sprache tatsächlich zu einer Verbesserung der kognitiven Funktionen und im Zuge dessen zu einem besseren Stressumgang und allgemeinen Wohlbefinden. Das hängt unter anderem damit zusammen, dass innere Blockaden die Produktion der Neurochemikalien beeinträchtigen können, die zum Schutz vor Stress benötigt werden. Bereits das bloße Hören von negativen Worten erhöht die Menge an stressproduzierenden Hormonen im Gehirn, die sich auf die Art und Weise auswirken können, wie wir kommunizieren, Sprache verarbeiten und überlegen. Außerdem können negative oder angsterzeugende Zustände die Aktivität im Gehirn erhöhen, die Emotionen entschlüsselt und Gefahren erkennt. Obwohl die erhöhte Aktivität nicht direkt dafür verantwortlich ist, dass du dich ängstlich fühlst, kann es eine Art Angstreaktion im Gehirn auslösen, die wiederum den gesamten Körper mit Angst produzierenden Hormonen überflutet - eine Kettenreaktionsreaktion, die die Nebennieren, Cortisolfreisetzung und die Flucht- oder Kampfreaktion auslöst.

Im Allgemeinen leistet unser Gehirn Erstaunliches, tendiert allerdings dazu sich auf das Negative zu konzentrieren. Diese Tendenz ist evolutionär bedingt, da unsere Vorfahren ihr Überleben nur sichern konnten, indem sie nach Gefahren Ausschau hielten. Obwohl in der heutigen Zeit die Gefahrendichte niedriger ist, neigt unser Gehirn immer noch dazu sich auf die negative Seite der Dinge zu konzentrieren. Wie negativ du tatsächlich mit dir selbst umgehst, wird dir dabei überwiegend nicht einmal bewusst sein, was sich oft in vielen schlechten Gewohnheiten zeigt, die wir nicht als solche ansehen. Durch das fehlende Bewusstsein zeigt sich die damit einhergehende Schwierigkeit - die Bezeichnung Unterbewusstsein lässt bereits erahnen, dass es sich um einen komplizierten Aspekt unseres Selbst handelt. Denn das, was einem nicht bewusst ist, kann nicht geändert werden. Es ist nicht greifbar, wie soll also eine Veränderung herbeigeführt werden? Wenn man sich nun dieser Tatsache bewusst ist, sollte man sich vor Augen führen, dass unterbewusst negative Gewohnheiten entstehen, die uns davon abhalten, das beste Leben zu leben, das wir verdient haben. Dadurch sind wir innerlich blockiert und sollten schnellstmöglich damit beginnen, uns unser Unterbewusstsein bewusst zu machen und uns zu befreien.

Die Macht des Unterbewusstseins

Dem Unterbewusstsein sind wir uns per Definition normalerweise nicht bewusst. Während wir beschäftigt sind, um unseren Tag zu beginnen, liegt das Unterbewusstsein, tief in dem Bewusstsein vertieft, leise unter der Oberfläche. Es ist die Heimat der nichtphysischen Bereiche der menschlichen Erfahrung. Dabei umfassen einige Aspekte unsere Träume, Emotionen, Ideen und Vorstellungen.

Das Unterbewusstsein...

(1) ...betreibt den physischen Körper.

(2) ...erinnert sich an alles.

(3) ...speichert Emotionen im physischen Körper.

(4) ...erhält den genealogischen Instinkt.

(5) ...erzeugt und erhält den geringsten Aufwand, durch das Wiederholen von Mustern.

(6) ...verwendet Metaphern, Bilder und Symbole.

(7) ...nimmt die Richtung vom bewussten Verstand.

(8) ...nimmt Informationen buchstäblich und persönlich an.

Darüber hinaus enthält das Unterbewusstsein unsere Wahrnehmungen, unbewussten Überzeugungen darüber, wer wir als Menschen zu sein glauben und was wir denken, wie die Welt funktioniert. Unsere Wahrnehmungen können wunderbar oder schmerzhaft sein, dennoch bewertet oder beurteilt unser Unterbewusstsein diese Wahrnehmungen nicht. Es akzeptiert sie einfach als Wahrheit. Allerdings ist es die Aufgabe des Unterbewusstseins, diese Wahrnehmungen je nach Lebensumstand auszuspielen.

Dabei sind unterbewusste emotionale Belastungen und Blockaden unerfahrene, unbewusst unterdrückte Gefühle, die Schmerzen hervorrufen. Beispiele können Wut, Angst, Zurückweisung, Scham, Depressionen und weitere Gefühle sein. Diese Gefühle leben in unserem Körper und werden nicht verschwinden, bis sie vollständig aufgelöst sind. Generell sind Menschen darauf ausgelegt, zu wachsen und das Leben in vollen Zügen zu erleben. Das schließt all unsere Emotionen mit ein. Schmerz, Eifersucht, Wut, Begeisterung, Freude und Zufriedenheit sind Teil der menschlichen Erfahrung. Schaut man sich ein kleines Kind an, das sein Eis auf der Straße fallen lässt, sieht man, dass zunächst einige Momente intensiver Qual folgen, nur wenige Minuten, nachdem die Emotion erlebt wurde, die Tränen jedoch getrocknet sind - das Kind erlebt sein Leben wieder in genau diesem Moment. Anhand dessen kann man sehen, dass sich Emotionen auflösen, sobald wir sie vollständig erfahren haben. Somit entstehen Probleme erst dann, wenn wir unangenehme Emotionen vermeiden. Wir stecken sie in einen Schrank und hoffen, dass sie darin bleiben, obwohl wir damit rechnen müssen, dass sie zu einem späteren Zeitpunkt garantiert wieder auftauchen werden.

Klassische Beispiele für die Auswirkungen des Vermeidens negativer Gefühle wären die Person, die von Beziehung zu Beziehung wechselt und stets die gleichen Probleme hat oder die Person, die Konflikte mit Autoritäten vermeidet, bis sie schwer krank wird. Wir alle haben es sicherlich schon mal gemacht, denn tatsächlich ist es eine natürliche Reaktion. Unangenehme Emotionen schaffen es, ohne bewusstes Wissen oder Absicht von unserer Seite, in das Unterbewusstsein verdrängt zu werden. Wenn das passiert, bleiben sie im Unterbewusstsein stecken. Die natürliche Reaktion unseres Unterbewusstseins ist daraufhin, weitere unangenehme Umstände in unserem Leben zu schaffen, sodass die unterdrückten Emotionen erlebt werden müssen. Schafft man für diese Gefühle kein Bewusstsein, kann einen dieses Vorgehen des Unterbewusstseins ein Leben verfolgen und für innere Blockaden sorgen.

Das Wichtigste in Kürze

- ✓ Innere Blockaden können zu Angstzuständen und Depressionen führen, die wiederum zu körperlichen Beschwerden wie Gewichtszunahme, Bluthochdruck, chronischer Müdigkeit und zu erhöhten Sterblichkeitsraten bei Herzkranken führen können.
- ✓ Menschen mit inneren Blockaden haben Probleme, gute Liebesbeziehungen aufzubauen und diese aufrechtzuerhalten. Dafür verantwortlich sind unter anderem weniger Selbstvertrauen, die Angst vor Ablehnung und einem negativem Urteilsvermögen.
- ✓ Jemand mit inneren Blockaden hinterfragt oder bezweifelt häufig seine Fähigkeiten und unternimmt daher wahrscheinlich weniger Anstrengungen bei der Arbeit oder in der Schule. Ein negatives Selbstverständnis bedeutet, dass du dich nicht mit deiner Arbeit identifizieren kannst und in Bezug auf dein Potenzial pessimistisch bist.
- ✓ Bei der Berufswahl schränken die Zweifel an deinem Potenzial deine Chancen ein, da du andere davon überzeugst, deine Fähigkeiten zu unterschätzen.
- ✓ Innere Blockaden hindern uns daran, rational zu denken und zu handeln und Situationen in ihrer wahren Perspektive zu sehen. Je länger dieser Zustand andauert, desto festsitzender wird das Problem.

- ✓ Setzen wir uns nicht mit uns selbst auseinander, können unsere inneren Blockaden uns kontrollieren, was irgendwann dazu führen kann, dass wir starr, überempfindlich, irrational und unsicher werden.
- ✓ Evolutionär bedingt neigt unser Gehirn dazu sich auf die negative Seite der Dinge zu konzentrieren. Dementsprechend entstehen unterbewusst negative Gewohnheiten, die uns davon abhalten, das beste Leben zu leben, das wir verdient haben.
- ✓ Das Unterbewusstsein ist die Heimat der nichtphysischen Bereiche der menschlichen Erfahrung.
- ✓ Wir neigen dazu negative Gefühle zu unterdrücken, allerdings leben sie in unserem Körper und verschwinden nicht, bis sie vollständig aufgelöst sind.

Kapitel 4: Ursache - Glaubenssätze & der innere Schweinehund

In diesem Kapitel soll es konkret um den Einfluss unserer Glaubenssätze und den inneren Schweinehund gehen. Dadurch sollen dir diese Einflüsse nähergebracht werden, damit du anschließend besser die verschiedenen Ursachen einordnen und auf dich und deine Situation anwenden kannst.

Einfluss der Glaubenssätze

Genau wie durchdringendes Unkraut verhindert, dass eine Pflanze ihr volles Wachstum, ihre Schönheit und ihr Potenzial zum Gedeihen entfalten kann, tun dies leider auch die einschränkenden Glaubenssätze der meisten Menschen. Bevor wir diesen Aspekt weiter vertiefen sollte der Unterschied zwischen einer Überzeugung und einem Glaubenssatz geklärt werden. Andernfalls laufen wir an dieser Stelle Gefahr, dass angenommen wird, dass die beiden Dinge ein und dasselbe sind. Primär unterscheidet sich die Überzeugung im Gegensatz zum Glaubenssatz darin, dass wir sie unbedingt verteidigen wollen. Bei einer Überzeugung wollen wir daran glauben, dass sie wahr ist. Bekommt unsere Überzeugung nun Gegenwind und steht auf wackeligen Beinen, gehen wir direkt in den Verteidigungsmodus und beginnen damit zu argumentieren. Im Vergleich dazu überprüfen wir unsere Glaubenssätze häufiger auf ihren Wahrheitsgehalt hin, durch häufiges Wiederholen unserer Annahme. Durch das Wiederholen wird automatisch nach unterstützenden Aspekten gesucht. Somit kommt es dazu, dass bei jeder neuen Erkenntnis ein neuer Glaubenssatz gebildet wird. Sobald eine Annahme hinterfragt und geguckt wird, ob sie genauso stimmt oder auch anders stimmen könnte, können neue Glaubenssätze entstehen.

Bereits in jungen Jahren beginnen wir damit, Glaubenssätze über die Welt und unseren Platz darin zu entwickeln. Unser Gehirn ist sehr gut darin, Muster zu erkennen und Assoziationen zu knüpfen. Deshalb verarbeiten wir ständig den Informationsstrom über die Welt um uns herum und bilden daraus Glaubenssätze. Im Allgemeinen besteht der Zweck der Glaubensbildung darin, uns zu helfen, die Welt zu verstehen. In der frühen Kindheit basieren unsere Glaubenssätze primär auf unseren eigenen Erfahrungen und werden von unseren Eltern oder anderen Bezugspersonen geprägt. Mit zunehmendem Alter bilden wir immer komplexere Glaubenssätze und können auf eine viel größere Bandbreite von Quellen, wie zum Beispiel Freunde, Bücher, Filme, Fernsehwerbung oder das Verhalten unserer Kollegen zurückgreifen.

Trotz der Tatsche, dass Glaubenssätze tendenziell eher geändert werden können, sind einige Glaubenssätze, die in der Kindheit gebildet wurden, sehr mächtig. So können sie uns auch im Erwachsenenalter beeinträchtigen. Ein kleiner Junge mit Eltern, die oft abwesend sind, kann zum Beispiel den Glauben bilden: „Ich bin nicht gut genug, damit sie mit mir Zeit verbringen wollen.“ Dieser Glaubenssatz kann sich im Laufe seines Lebens auf andere Lebensbereiche ausgewirkt haben, ohne dass es dem mittlerweile großen Jungen bewusst gewesen ist. Selbst wenn dem Jungen als Erwachsener klar wird, dass die Abwesenheit seiner Eltern etwas damit zu tun hatte, dass sie arbeiten mussten, kann der Glaubenssatz so tief in ihm verwurzelt sein, dass er dennoch weiter daran festhält. Das hängt damit zusammen, dass sich unser Verstand nur ungerne irrt, denn evolutionär bedeutet das Irren deines Verstandes, dass du stirbst. Selbstverständlich stirbst du nicht, wenn du im Laufe deines Lebens feststellst, dass deine Eltern nicht um deinetwillen keine Zeit mit dir verbracht haben, sondern nur viel arbeiten mussten, um dir ein gutes Leben bieten zu können, dennoch kann ein begrenzender Glauben eine Blockade auslösen. Ein begrenzender Glaube ist im Wesentlichen jeder eingebettete, wiederkehrende Denkprozess, der dich beständig im Leben zurückhält. Dabei lassen dich diese Glaubenssätze dich oftmals unglücklich, unerfüllt, wertlos, nicht gut genug oder wütend empfinden. Daraus resultiert ein Verhalten, dass unbewusst von diesen Empfindungen beeinflusst, letztendlich von uns aber nur selten in Zusammenhang gesetzt wird.

Dementsprechend ist das Erkennen dieser Glaubenssätze umso wichtiger, um Blockaden auflösen zu können, die gegebenenfalls darauf basieren.

Hier sind einige Beispiele für einschränkende, negative Überzeugungen:

Überzeugungen...	...führen zu...
„Meine Schwester war immer der Liebling in unserer Familie. Ich könnte nie etwas so gut machen wie sie. Ich werde meine Eltern niemals so stolz machen, wie sie es tut."	...einem geringen Selbstwertgefühl und verursachen Neid
„Auf keinen Fall könnte ich das jemals tun! Ich bin viel zu alt/ fett/ schüchtern/ ungeschickt/ hässlich..."	...einem Mangel an Selbstvertrauen und Selbstwert

---

Deine einschränkenden Glaubenssätze verbergen sich oft jenseits deines Bewusstseins. Es gibt jedoch wichtige Signale, nach denen du Ausschau halten kannst, um die Hinweise zu erhalten, die du benötigst, um deine Glaubenssätze zu identifizieren. Oftmals werden diese Schlüsselsignale deutlich, wenn du auf dem Weg zu deinen Zielen auf Hindernisse und Herausforderungen stößt. Denn du bist normalerweise nicht in der Lage, Hindernisse und Probleme zu überwinden, wenn der begrenzende Glaube den Raum dafür einnimmt.

Die einschränkenden Überzeugungen können sich beispielsweise auf folgende Weise manifestieren:

- ➡ Wenn du Ausreden findest.
- ➡ Wenn du dich über Dinge beschwerst.
- ➡ Wenn du dich negativen Gedanken hingibst.
- ➡ Wenn du dich schlechten Gewohnheiten hingibst.

- Wenn du auf einschränkende und wenig hilfreiche Weise mit dir selbst sprichst.
- Wenn du zu Schlussfolgerungen springst.
- Wenn du zögerst Ängste auszudrücken.
- Wenn du dir Sorgen machst, dass du versagen oder Fehler machen wirst.
- Wenn du dir ohne ersichtlichen Grund unkontrolliert Sorgen machst.
- Wenn du über das Aufschieben nachdenkst.
- Wenn du an Perfektionismus festhältst.

Berücksichtige alle diese Dinge und notiere dir alle einschränkenden Überzeugungen, die dir bei dem Erreichen deiner Ziele in den Sinn kommen. Du könntest zum Beispiel darüber nachdenken, ein bestimmtes Ziel zu erreichen, und während du darüber nachdenkst, bekommst du ein Gefühl von Widerstand, das an die Oberfläche kommt. Je mehr inneren Widerstand du spürst, desto begrenzter werden die Überzeugungen, die knapp unter der Oberfläche des Bewusstseins schlummern.

Der Einfluss des inneren Schweinehundes

Das Aufschieben von Verpflichtungen und der Arbeit an unseren Zielen und Aufgaben ist möglicherweise eines der größten Anzeichen von inneren Blockaden. Viele von uns übertragen Ziele Jahr für Jahr, obwohl es uns stört, die Ziele nicht erreicht zu haben und aufgrund dessen uns nicht weiterentwickelt zu haben und gewachsen zu sein. Die Ursache für diesen Zustand schreibt man meist dem „inneren Schweinehund“ zu. Dabei handelt es sich um eine selbstironische Redewendung, die auf die Schwäche des eigenen Willens anspielt, auf den Mangel an Selbstdisziplin. Wir müssen dieses innere, zögernde und faule „Biest" besiegen, um uns selbst in Schwung zu bringen. Der innere Schweinehund ist die Stimme, die dir sagt, dass du aufhören oder zögern sollst. Er hält dich irgendwie davon ab, das zu tun, was du tun musst oder willst. Der innere Schweinehund hält dich auf dem Sofa, ignoriert deinen Trainer oder lässt dich zu lange fernsehen, damit er dich aktiv von deiner eigentlichen Aufgabe ablenken kann. Des Weiteren hält dich dein innerer Schweinehund in deiner Komfortzone fest. Es ist für ihn natürlich leichter, auf der Stelle stehen zu bleiben, auf der er schon seit Stunden, Tagen, Wochen oder Monaten steht, anstatt sich zu bewegen und neue Sachen auszuprobieren. Deswegen ist es sehr wichtig, dass du deinen inneren Schweinehund erkennst und siehst, wie „dickköpfig“ er geworden ist - denn ein Problem kann man nur beseitigen, wenn man es kennt. Darüber hinaus sollte man sich niemals auf solchen Rechtfertigungen ausruhen, denn letztendlich gibt man damit nur zu, dass man sich beherrschen lässt, anstatt der absolute Herr seiner Selbst zu sein.

Das Wichtigste in Kürze

- ✓ Überzeugungen unterscheiden sich von Glaubenssätzen darin, dass wir sie unbedingt verteidigen wollen. Durch den Glauben daran, dass sie wahr sind, beginnen wir bei Gegenwind direkt dagegen zu argumentieren.
- ✓ Die Glaubensbildung hilft dabei, die Welt zu verstehen. In unserer Kindheit basieren unsere Glaubenssätze auf eigenen Erfahrungen und Prägungen unserer Bezugspersonen. Mit der Zeit greifen wir auf immer mehr Quellen zurück.
- ✓ Das Aufschieben von Verpflichtungen und der Arbeit an unseren Zielen und Aufgaben ist möglicherweise eines der größten Anzeichen von inneren Blockaden.
- ✓ Ein Problem kann man nur beseitigen, wenn man es kennt. Durch Rechtfertigungen gibt man nur zu, dass man sich beherrschen lässt, anstatt der Herr seiner Selbst zu sein.

Kapitel 5: Belastungsfaktoren auf dem Prüfstand

Innere Blockaden können durch verschiedene Situationen und Zustände ausgelöst, aber auch gestärkt werden. Dementsprechend soll dir dieses Kapitel aufzeigen, welche psychischen Belastungen einen Einfluss auf deine Blockaden haben können.

Belastungsfaktor Stress

Stress ist eine Reaktion auf eine Veränderung oder eine Herausforderung. Kurzfristig kann Stress hilfreich sein, er macht uns wacher und gibt uns Energie, um Dinge zu erledigen. Langzeitstress kann jedoch zu ernsthaften Gesundheitsproblemen führen. Dabei verursachen bestimmte Lebenssituationen tendenziell eher Stress. Dazu gehören beispielsweise finanzieller Druck, Arbeitslosigkeit, Arbeitsstress, soziale Isolation, Konflikte, Mobbing, persönliche oder familiäre Krankheiten und Beziehungsprobleme.

Im Allgemeinen erleben Menschen Ereignisse auf unterschiedliche Weise. Zum Beispiel kann jemand den Verlust des Arbeitsplatzes als eine Katastrophe ansehen, während jemand anderes dies als eine Gelegenheit sieht, sich etwas Besserem zuzuwenden. Die Art und Weise der Wahrnehmung des gleichen Ereignisses erklärt die unterschiedlichen Reaktionen darauf. Zudem beeinflussen Faktoren wie die Persönlichkeit und frühere Erfahrungen die Wahrnehmung des Ereignisses. Dementsprechend kann eine Situation ein ganz unterschiedliches Stressempfinden in Menschen hervorrufen. Dabei spielt auch der Faktor eine Rolle, ob ein Missverhältnis zwischen der Erfahrung und den verfügbaren Ressourcen, um damit umzugehen, besteht. Bei dem Verlust des Jobs, bei dem die betroffene Person noch zusätzlich Schwierigkeiten mit einer Beziehung und Liebeskummer hast, fehlen ihr möglicherweise die Ressourcen, um die schwierige Zeit emotional und finanziell zu überstehen - das Entstehen von Stress ist unvermeidlich.

In unserer heutigen schnelllebigen Welt setzen wir uns einem zunehmenden und unerbittlichen Druck aus. Du kannst angespannt, nervös, unsicher oder in Panik sein. Möglicherweise drohen Fristen und du musst mehrere Aufgaben ausführen. Du hast stundenlang an einem Projekt gearbeitet und kannst es einfach nicht beenden. Du könntest dich wütend, emotional aufgeladen oder bedroht fühlen. Möglicherweise hast du schlaflose Nächte. Der Körper reagiert auf diesen Druck, indem er mehr Adrenalin in deinen Körper sendet, um dir bei der Bewältigung zu helfen. Allerdings bewirkt das eher das Gegenteil: Die anhaltende Freisetzung von Adrenalin verringert tatsächlich die Fähigkeit, gut zu denken und dich zu erinnern, da Adrenalin die Reaktion der Amygdala aktiviert. Diese bewahrt dich zwar davor, von einem Bus überfahren zu werden, aber die logische, normale Gehirnverarbeitung wird angehalten. Die eigentlich Unterstützung deines Körpers führt somit zu einer inneren Blockade.

Wie bereits zuvor gesagt, gibt es viele Dinge, die zu Stress führen können. Der Tod eines geliebten Menschen, Scheidung oder Trennung, der Verlust des Arbeitsplatzes und unerwartete Geldprobleme werden dabei am häufigsten genannt. Wenn du gestresst bist, kannst du viele verschiedene Gefühle verspüren, einschließlich Angst, Furcht, Wut, Traurigkeit oder Frustration. Diese Gefühle können sich gegenseitig nähren und körperliche Symptome hervorrufen, wodurch du dich noch schlimmer fühlst. Bei manchen Menschen können stressige Lebensereignisse zu Symptomen einer Depression führen. Diese Zusammenhänge führen dann oftmals zwangsläufig zu inneren Blockaden. Zudem bewirkt Stress ein unübliches Verhalten, sodass man sich beispielsweise zurückzieht, unentschlossen und unflexibel ist. Aber auch eine erhöhte Gereiztheit oder Weinerlichkeit können auftreten. Zusätzlich wird unsere Libido durch Stress beeinträchtigt. Um den Stress zu kompensieren, greifen viele Menschen zu Zigaretten, Alkohol oder sogar Drogen. Letztendlich führt Stress zu vielen Veränderungen, die wir eigentlich nicht haben wollen. Vor allem blockiert er uns in vielerlei Hinsicht und macht uns unzufrieden, was wiederum verhindert, dass wir unsere inneren Blockaden lösen können.

Unzufriedenheit und Frustration

Frustration ist eine Emotion, die in Situationen auftritt, in denen eine Person daran gehindert ist, das gewünschte Ergebnis zu erzielen. Wenn wir eines unserer Ziele erreichen, sind wir im Allgemeinen zufrieden. Wenn wir jedoch daran gehindert werden, können wir Frustrationen erliegen und uns gereizt, verärgert, unzufrieden und wütend fühlen. Je wichtiger das Ziel, desto größer ist in der Regel die Frustration und die daraus resultierende Wut. Dabei ist Frustration generell nicht unbedingt schlimm, da sie ein nützlicher Indikator für die Probleme im Leben eines Menschen sein und als Motivator für Veränderungen dienen kann. Wenn es jedoch zu Ärger, Gereiztheit, Stress, Depressionen oder einer Abwärtsspirale kommt, in der wir das Gefühl haben, resigniert zu sein oder aufzugeben, kann Frustration destruktiv wirken. Frustrationen und Unzufriedenheit sind Produkte von inneren Blockaden.

Frustration tritt immer dann auf, wenn die von dir erwarteten Ergebnisse oder Ziele nicht den Anstrengungen und Maßnahmen zu entsprechen scheinen, die du anwendest oder wenn deine Handlungen immer weniger Ergebnisse bringen. Interne Frustrationsquellen sind in der Regel Enttäuschungen, die auftreten, wenn wir aufgrund realer oder eingebildeter persönlicher Mängel, wie mangelndem Vertrauen oder Angst vor sozialen Situationen, nicht das haben können, was wir wollen. Eine andere Art von innerer Frustration entsteht, wenn wir konkurrierende Ziele haben, die sich gegenseitig stören. Die zweite Art von Frustration resultiert aus externen Ursachen, die Bedingungen außerhalb der Person betreffen, wie zum Beispiel physische Hindernisse, denen wir im Leben begegnen, einschließlich anderer Personen und Dinge, die unseren Zielen im Wege stehen. Eine der größten Frustrationsquellen in der heutigen Welt ist die Frustration, die durch die Wahrnehmung der Zeitverschwendung entsteht. Wenn du bei der Bank in der Schlange, beim Verkehr im Stau oder am Telefon in der Warteschlange stehst und zusiehst, wie der Tag vergeht, an dem du so viel zu tun hast, ist das absolut frustrierend.

Diese Situationen sind leider meistens unvermeidlich. Wir können versuchen, etwas dagegen zu unternehmen, wie zum Beispiel eine andere Route zu finden, wenn wir im Stau stecken oder ein anderes Restaurant zu wählen, wenn unsere erste Wahl nicht vorteilhaft ist. Manchmal gibt es aber einfach nichts, was wir dagegen tun können. So ist das Leben eben. Allerdings kannst du lernen, dass du trotz ärgerlicher und frustrierender Situation nicht frustriert sein musst.

Einige der „typischen" Reaktionen auf Frustration sind Wut, Aufgeben, Verlust des Selbstwertgefühls und des Selbstvertrauens, Stress und Depression. Ein Sprichwort besagt: „Frustration erzeugt Wut und Wut erzeugt Aggression." Direkte Wut und Aggression werden gegenüber dem Objekt zum Ausdruck gebracht, das als Ursache für die Frustration wahrgenommen wird. Wenn eine Maschine nicht funktioniert, kannst du sie schlagen oder treten. Wenn dir jemand in die Quere kommt, kannst du dich streiten oder es zur Seite schieben. Ein wütender Mensch handelt oft ohne nachzudenken. Die Person hat der Frustration nachgegeben und die Zurückhaltung aufgegeben. Dabei kann Wut eine gesunde Reaktion sein, wenn sie uns zu positiven Handlungen motiviert, aber allzu oft sind die Handlungen, die wir bei Wut ausführen, destruktiv. Ein Ziel aufzugeben kann sogar produktiv sein, wenn wir feststellen, dass das Ziel wirklich unerreichbar ist. Häufiger aufzugeben oder apathisch zu sein ist jedoch eine andere Art der Frustration nachzugeben. Wenn die Menschen wiederholt frustriert sind, können sie die Schule abbrechen, Jobs kündigen oder wegziehen. Nach einem anfänglichen Hochgefühl folgt meist die Unzufriedenheit, weil sie etwas nicht geschafft oder etwas nicht gesagt haben. Dies schafft innere Blockaden und Unzufriedenheit.

Unser Umfeld

Es kann leicht sein zu glauben, dass psychische Probleme nur das Ergebnis innerer Kämpfe sind. Schließlich sind dein Körper und dein Geist betroffen. Dort müssen die Probleme liegen, oder? Während deine eigene innere Aktivität definitiv ein entscheidender Bestandteil von psychischen Erkrankungen und Stress ist, gibt es aber auch Umweltfaktoren, die die psychische Gesundheit schädigen können. Hier sind einige der häufigsten Elemente in deiner Umgebung, die sich auf deine psychische Gesundheit auswirken können.

Soziale Interaktion und Gemeinschaft

Als Menschen brauchen wir soziale Interaktion und ein Gefühl der Gemeinschaft, um zu gedeihen. Daher hat Kameradschaft, oder ein Mangel daran, enorme Auswirkungen auf die allgemeine psychische Gesundheit. Wenn du jemanden hast, mit dem du regelmäßig über persönliche Probleme sprechen kannst, die dich betreffen, kannst du den Alltagsstress sowie größere Konflikte in deinem Leben lindern. Freunde, Familie und andere Beziehungen können die Chance, dass du positive Veränderungen in dem Leben vornimmst und aufrechterhältst, ebenfalls erheblich erhöhen.

Die Qualität deiner Beziehungen ist einer der wichtigsten Faktoren. Du musst die richtigen Leute um dich haben. Selbst wenn du mit Menschen interagierst, die dich gut kennen und dir nahestehen, können einige Beziehungen giftig werden. Einige Freunde können dazu beitragen, dass du schlechte Gewohnheiten beibehältst oder können hohe Erwartungen an die Freundschaft stellen, die dich belasten und deinem Geisteszustand schaden können, ohne dass du es merkst. Über die geistige Gesundheit hinaus können soziale Interaktionen auch die körperliche Gesundheit beeinträchtigen, was zu zusätzlichem Stress und Depressionen führen kann. Unabhängig von deinem Alter ist es wichtig, nach Möglichkeiten für hochwertige soziale Interaktionen zu suchen. Dies bedeutet nicht, dass du dich auf deine Familie, einen Ehepartner oder sogar enge Freunde verlassen musst. Ohne auch nur die tiefsten Probleme zu teilen, könntest du dich einem Kollegen anvertrauen oder ein kurzes Gespräch mit Menschen im Fitnessstudio, einem Café oder einem anderen öffentlichen Raum führen.

Neben den genannten Faktoren können auch die Wohnunsicherheit und die Umgebung deines Zuhauses deine psychische Gesundheit beeinträchtigen. Dabei liegen die Umstände möglicherweise nicht in deiner Hand. Das Leben unter schlechten Bedingungen kann jedoch mit der Zeit Stress erzeugen und psychische Erkrankungen verstärken. Wenn man in einem unordentlichen Zuhause ist, kann es ziemlich hart sein, sich zu motivieren und Ordnung im Leben zu schaffen. Dementsprechend solltest du immer zuerst an dich und dein Wohlbefinden denken und zukünftig mehr auf den Zustand deines Zuhauses achten und dich von toxischen Menschen entfernen.

Sorgen, die uns beschäftigen

Sorgen sind ein normaler Teil des Lebens und können in manchen Fällen sogar hilfreich sein. Wir sorgen uns oft um Dinge, die in unserem Leben gegenwärtig sind, wie Finanzen, Arbeit und die Familie. Dabei helfen uns Sorgen dabei, in diesen Bereichen gute Entscheidungen zu treffen. Allerdings ist es möglich, dass die Sorgen mit der Zeit ernster werden als nur die alltäglichen Sorgen. Wenn du übermäßige, unkontrollierbare oder irrationale Sorgen über einen längeren Zeitraum hinweg hast, kann es innere Blockaden schaffen, indem du nicht mehr weiter normal funktionieren und denken kannst. Es kann die Entscheidungsfindung stören und zu einem Gefühl der Lähmung im Alltag führen, wenn wir uns immer wieder fragen: „Was wäre, wenn?“ In extremen Fällen kann übermäßige Besorgnis ein Anzeichen für ein ernstes Problem sein wie zum Beispiel eine generalisierte Angststörung.

Neben den emotionalen Schäden der Sorgen kann uns der daraus resultierende Stress auch körperlich belasten. Sorgen können sich auf verschiedene Weise ausdrücken. Viele Menschen machen sich Sorgen um die Zukunft. Wenn du dich um die Zukunft sorgst, erzeugst du buchstäblich eine physische und emotionale Reaktion auf etwas, das noch nicht geschehen ist. Du bist dir nicht sicher, wie sich eine bestimmte Situation entwickeln wird, was in dir selbst Angst hervorruft und du versuchst verzweifelt, die Lücke zu füllen. Aber wie du weißt, kann man die Zukunft nicht vorhersagen, egal wie sehr man es versucht. Dementsprechend bewirkst du dadurch nur die Entstehung einer inneren Blockade, die durch die fehlende Glaskugel für die Zukunftsvoraussage absolut unnötig ist.

Die Nebenwirkungen von Sorgen

Diese Muster und Gewohnheiten sind in dir, aufgrund von Genetik, Umwelt oder beidem, oftmals so fest verflochten, dass du gar nicht bemerkst, dass du es tust. Sich Sorgen zu machen, wird zur Gewohnheit und bringt all seine unangenehmen Nebenwirkungen mit sich. Diese Effekte können im Laufe der Zeit stärker werden, bis sie schließlich zu belastend werden, um ignoriert zu werden. Zu viele Sorgen können sich folgendermaßen auf Körper und Geist auswirken:

- Schlafstörungen
- Kopfschmerzen
- Konzentrationsschwierigkeiten
- Übelkeit
- Muskelspannung
- Erschöpfung
- Reizbarkeit
- Erhöhter Spiegel des Stresshormons Cortisol
- Schwierigkeiten, Entscheidungen zu treffen

Übermäßiges Sorgen beeinflusst das tägliche Leben einer Person und alles, was sie tut. Wenn du andauernden Stress und Angst verspürst und dir Sorgen über deine Probleme machst, kann sich deine gesamte Lebenseinstellung dramatisch ändern. Automatisches negatives Denken ist etwas, was Menschen, die sich große Sorgen machen, zu erleben beginnen. Automatisches negatives Denken ist so, wie es sich anhört - in jeder Situation siehst du Dinge automatisch in einem negativen Licht. Du siehst nur geschlossene Türen und weder Gelegenheiten noch Lösungen. Mit negativen Gedanken und inneren Blockaden springst du immer sofort auf die Kehrseite der Dinge und stellst dir das denkbar schlechteste Szenario vor. Es fällt dir sehr schwer, über die Sorgen hinauszudenken und dir ein positives Ergebnis vorzustellen. Es ist leicht einzusehen, wie sich dies auf das Leben und deinen Erfolg auswirken kann. Wenn du die Hoffnung oder Bestimmtheit nicht erkennen kannst, erreichst du in keiner Situation dein volles Potenzial. Letztendlich ist es nahezu unmöglich Sorgen komplett aus deinem Leben zu entfernen, da es eine normale menschliche Reaktion ist. Der Schlüssel dabei ist, das richtige Gleichgewicht zwischen Sorge und Leichtigkeit zu finden. Es gibt Situationen, in denen dich das Sorgen mehr lähmt, als dass es dir auch nur ansatzweise hilft.

Das Wichtigste in Kürze

- ✓ Stress ist eine Reaktion auf eine Veränderung oder eine Herausforderung. Kurzfristig kann Stress hilfreich sein, Langzeitstress kann jedoch zu Gesundheitsproblemen führen. Dabei beeinflussen die Persönlichkeit und frühere Erfahrungen die Wahrnehmung eines Ereignisses, sodass ein ganz unterschiedliches Stressempfinden entsteht.

- ✓ Frustration entsteht dann, wenn eine Person daran gehindert wird, das gewünschte Ergebnis zu erzielen. Dabei steigert sich die Frustration je nach Wichtigkeit des Ziels. Generell ist Frustration ein Indikator für Probleme und ein Motivator für Veränderungen.

- ✓ Die Qualität deiner Beziehungen ist einer der wichtigsten Faktoren in deinem Leben. Dementsprechend ist es wichtig, unabhängig von deinem Alter, nach Möglichkeiten für hochwertige soziale Interaktionen zu suchen.

- ✓ Achte auf eine ordentliche Umgebung, damit sie deine Motivation nicht zusätzlich einschränkt.
- ✓ Generell helfen Sorgen dabei, gute Entscheidungen zu treffen. Allerdings können übermäßige, unkontrollierbare oder irrationale Sorgen über einen längeren Zeitraum hinweg, innere Blockaden schaffen, indem du nicht mehr normal funktionieren und denken kannst.
- ✓ Wenn du dich um die Zukunft sorgst, erzeugst du buchstäblich eine physische und emotionale Reaktion auf etwas, das noch nicht geschehen ist. Dadurch entsteht eine unbegründete Blockade, da du nicht wissen kannst, wie sich eine Situation in der Zukunft entwickelt.

Kapitel 6: Alles eine Frage der Denkweise

Bei den meisten Situationen entscheidet unser Blinkwinkel darüber, wie wir reagieren. Dementsprechend soll es innerhalb dieses Kapitels darum gehen, dass wir uns verschiedene Aspekte der Denkweise genauer anschauen und diese auch in Bezug zu inneren Blockaden setzen.

Problemorientiertes Denken vs. Lösungsorientiertes Denken

Jeder Mensch geht anders an ein Problem heran. Dabei gibt es grundlegend zwei Herangehensweisen. Entweder ist man ein problemorientierter Denker und legt seinen Fokus auf den Grund, warum ein Problem aufgetreten ist oder man denkt lösungsorientiert, sodass man über mögliche Lösungen nachdenkt, die einem helfen, ein Problem zu lösen.

Eine schwierige Situation problemorientiert anzugehen mag hilfreich sein, wenn wir versuchen, ähnliche Probleme oder Fehler in der Zukunft zu vermeiden. Wenn es aber um die Lösung des Problems geht, verschwenden wir damit wertvolle Zeit. Problemorientiertes Denken hilft uns nämlich überhaupt nicht dabei, schwierige Situationen zu lösen, was besonders in Zeiten notwendig ist, in denen man schnelle Lösungen für ein anstehendes Problem finden muss. Darüber hinaus kann der problemorientierte Ansatz negative Auswirkungen auf die eigene Motivation haben.

Der gesamte Ansatz „problemorientiertes vs. lösungsorientiertes Denken“ gilt nicht nur, wenn eine Person einem Problem oder einer schwierigen Situation gegenübersteht, sondern wird täglich angewendet, wenn wir uns einer herausfordernden Aufgabe stellen oder mehrere Aufgaben ausführen müssen. Wenn wir konkret über diesen Ansatz nachdenken, können wir feststellen, dass der Großteil unserer Entscheidungen und unserer Einstellungen zu Aufgaben, Problemen und anstehenden Situationen entweder problem- oder lösungsorientiert ist. Zur Verdeutlichung dieses Ansatzes im Folgenden ein Beispiel:

Nehmen wir an, du bist jemand, der Sport nicht mag. Wie jeder andere Mensch kannst du nicht immer nur herumsitzen und essen, denn die Gesundheit wird darunter leiden. Du würdest dich problemorientiert dem Sport nähern, wenn du dir ständig all die negativen Aspekte der sportlichen Aktivitäten vorstellen würdest. Du würdest dir möglicherweise die Fragen stellen: „Warum muss ich trainieren? Warum ist es so schwer?“ Du würdest jedem erzählen, dass du es nicht magst. Anstatt die Energie auf das Training zu richten, verbringst du einen großen Teil der Zeit auf eine ineffektive Weise, die dir nicht weiterhilft. Du bist immer noch an derselben Stelle und fühlst dich unwohl in deinem Körper. Im Gegensatz dazu, hat ein lösungsorientierter Menschen vollständig akzeptiert, dass Training und körperliche Aktivität ein Teil seines Lebens sind, ob gemocht oder nicht. Durch das Akzeptieren der Tatsache, wird es leicht, die eigentliche Ursache für Fragen zu zerstören. Wir fangen an, lösungsorientiert zu denken, sobald wir uns bewusst sind, dass wir bestimmte Fakten und Probleme nicht ändern können und unsere Zeit nur ineffizient verbringen, wenn wir nach den möglichen Gründen für diese Situationen suchen. Indem wir die Gründe klären, warum die Aufgabe, der wir uns stellen müssen, wichtig sein kann, um beispielsweise gesund zu sein oder um abzunehmen, können wir das lösungsorientierte Denken auf eine weitere Ebene bringen.

Der Großteil aller Menschen denkt problemorientiert. Dabei stellen sie sich alle negativen Konsequenzen vor, die eine Situation haben könnte. Und das obwohl jedes Problem eine Lösung hat. Tatsächlich gibt es sogar oftmals mehr als eine einzige Lösung. An dieser Stelle sollten wir festhalten, dass du dich machtlos fühlst, wenn du dich zu sehr auf ein Problem konzentrierst. Konzentrierst du dich hingegen auf die Lösung, fühlst du dich gestärkt. Wenn wir herausfinden, dass wir uns auf die Probleme konzentrieren, kann das zunächst schwer zu akzeptieren sein, allerdings bietet sich uns daraufhin die Chance zukünftig lösungsorientiert durch unser Leben zu gehen. Dadurch sind wir befreiter und können leichter und schneller unser Potenzial entfalten.

Hier ist ein Beispiel, wie man die lösungsorientierte Denkweise anwenden kann:

Problemorientiert	Lösungsorientiert
Ich wünschte, ich könnte "X" machen, aber ich kann nicht wegen "Z".	Wie kann ich "Z" umgehen, damit ich "X" machen kann?
Ich stecke fest. Ich weiß nicht, was ich tun soll.	Ich werde mich hinsetzen und über einige Optionen nachdenken, um voranzukommen.
Das kann ich mir nicht leisten.	Wie kann ich mir das leisten?

Bist du ein problemorientierter Denker oder ein lösungsorientierter Denker? Hier sind einige Merkmale, die für jeden Persönlichkeitstyp typisch sind:

Merkmale problemorientierter Denker	Merkmale lösungsorientierter Denker
negativ	positiv
hoffnungslos	hoffnungsvoll
gibt anderen die Schuld	übernimmt Verantwortung
ist schnell frustriert	sieht Probleme als Herausforderungen, die gemeistert werden können
gibt schnell auf	ist bereit zu bleiben, bis ein Problem gelöst ist

Grübeln: Die Flut der Gedanken

Es ist nicht ungewöhnlich, eine scheinbar endlose Schleife von Gedanken zu erleben, die sich durch den Geist zieht. Diese sich wiederholenden Gedankenmuster können vergangene Ereignisse wiederholen, die mit Traumata, Traurigkeit oder Verlusten verbunden sind. Sie könnten sich auf wahrgenommene Bedrohungen oder Hindernisse für den zukünftigen Erfolg konzentrieren. Für die meisten Menschen treten diese Gedanken am häufigsten in Stresssituationen auf, in denen die Angst groß ist. Während diese gelegentlichen Gedankenmuster normal sind, sollten längere, sich wiederholende Gedanken, die den Schlaf stören oder die normale Funktion beeinträchtigen, ernst genommen werden. Diese Flut der Gedanken kann die inneren Blockaden stärken und dich davon abhalten, nach vorne zu gehen und deine Ziele zu erreichen.

Was ist die Flut der Gedanken?

Eine Flut der Gedanken entsteht in der Regel in einer schnellen Abfolge von mentalen Bildern, die ungehindert weitergehen und nicht zu einer rationalen Schlussfolgerung führen. Diese emotional belastenden Erfahrungen können ein beängstigendes Gefühl der Unbeherrschtheit hervorrufen und ein Kontinuum schaffen, das von bloßem Unbehagen bis hin zu lähmender Angst reichen kann. Die unkontrollierten Gedanken haben das Potenzial, das Funktionsbewusstsein eines Menschen zu überwinden.

Die Flut der Gedanken kann als Takt von Musik, Satzfragmenten oder Gedanken auftreten, die tangential von einem zum nächsten springen. Rasende Gedanken haben möglicherweise keinen dazugehörigen Klang. Manchmal treten sie als ein überwältigender Wiederholungsfokus der Vergangenheit auf, oft münden die rasenden Gedanken in latenten Ängsten und Sorgen. Die Gedanken haben das Potenzial, das Bewusstsein zu stören, die Konzentration zu verhindern und die Fähigkeit zu verringern, im Moment zu leben. Die Manifestation rasanter Gedanken kann von geringfügigen Ablenkungen bis hin zu schwächenden Erfahrungen variieren. Die Manifestation kann bis hin zu einem Hören von Stimmen, ein Symptom, das häufig mit einigen Arten von psychotischen Störungen in Verbindung gebracht wird, reichen.

Welche Probleme bereiten rasende Gedanken nachts?

Beim Schlafen kann eine Gedankenflut dazu führen, dass die mentalen Bilder von einer Reihe von fließenden Mustern bis zu einer unerbittlichen Flut der unerwünschten Gedanken reichen können. Die Unfähigkeit, die nervenden Gedanken zu beruhigen, kann zu Stress führen, der den Schlaf stören kann. Es ist nicht ungewöhnlich, dass Betroffene ein oder zwei Stunden lang Wortspiele spielen, um sich zu beruhigen und einschlafen zu können. Rasende Gedanken können auch während des Schlafs auftreten, die normalen Ruhemuster stören und dazu führen, dass Menschen aufwachen und Schwierigkeiten haben, wieder einzuschlafen. Da Erschöpfung und Stress die rasenden Gedanken verschlimmern können, kann die Störung des Schlafmusters zu mehr Stress führen und einen sich selbst fortsetzenden Kreislauf aus Unruhe und rasenden Gedanken erzeugen.

Was löst die Flut der Gedanken aus?

Rasende Gedanken können auf eine psychische Erkrankung hinweisen, sind jedoch nicht spezifisch für einen bestimmten Zustand. Sie sind mit vielen Störungen wie zum Beispiel Panikattacken, Depressionen, Angstzuständen und bipolaren, manischen Phasen sowie mit dem Konsum von verschriebenen und illegalen Drogen verbunden. Amphetamine stimulieren das Zentralnervensystem und können die Flut der Gedanken hervorrufen. Rasende Gedanken können in Stressphasen auftreten, die durch äußere Umstände wie Schlafmangel oder andere Faktoren verursacht werden. Außerdem können rasende Gedanken Wiederholungen vergangener Ereignisse sein, die in dir Angst oder Trauer auslösten. Du könntest dir zudem Sorgen um Dinge machen, die in Zukunft passieren könnten. Es sind Gedankenreihen, die überproportional sind, ein Muster haben, Zeit verbrauchen und oft keine rationale Schlussfolgerung ziehen.

Wenn Gedanken den Geist überfluten, entziehen sie dir deine Energie, hindern dich daran, im gegenwärtigen Moment zu leben und können eine Schleife in deinem Gehirn erzeugen, aus der du gefühlt nur schwer entkommen kannst. Sie können es sowohl erschweren, sich zu konzentrieren und tägliche Aufgaben zu erledigen als auch dein Gedächtnis und deinen Schlaf beeinträchtigen. Rasende Gedanken zu haben ist oft beunruhigend und beängstigend, weil es uns das Gefühl gibt, außer Kontrolle zu sein. Aber rasende Gedanken zu haben bedeutet nicht, dass du außer Kontrolle geraten oder verrückt bist. Es bedeutet, dass du ängstlich bist und dass dein Stresslevel höher als gewöhnlich ist. Tatsächlich tritt die Flut der Gedanken am häufigsten während einer Angstattacke auf. Generell sieht jeder Mensch rasende Gedanken anders. Eine Person kann ein Problem nicht bemerken und einfach durch das Leben abgelenkt werden. Andere können unter starkem Stress leiden, weil sie nicht in der Lage sind, einen Gedanken festzuhalten.

Beispiele für Probleme, die zu rasenden Gedanken führen, sind:

✓ Panikattacken

Während einer Panikattacke kann es fast unmöglich sein, den Geist auszuschalten. Man sorgt sich oft über die Gesundheit, Symptome, Erfahrungen und die Zukunft. Angstattacken können auch zu Benommenheit führen, was das Fokussieren erschwert. Angstattacken führen häufig zu rasenden Gedanken, welche Blockaden in uns hervorrufen können.

✓ Generalisierte Angststörung

Aus einer generalisierten Angststörung resultierender Stress kann zu rasenden Gedanken führen. Diese Gedanken können es einem sehr schwer machen zu schlafen, wenn sie nachts auftreten.

✓ Schlafmangel

Ein verwandtes Problem ist, dass Schlafmangel zu rasenden Gedanken führen kann, da das Gehirn häufig Probleme hat, sich zu konzentrieren, wenn dir der Schlaf fehlt. Für diejenigen, deren Angst sie wach hält, kann dies besonders störend sein. Darüber hinaus kann Schlafentzug zu weiterer Angst führen, was zu einem teuflischen Kreislauf führt.

✓ Unerwünschte Gedanken

Man erlebt auch oft unerwünschte Gedanken, die wie rasende Gedanken erscheinen. Dies ist der Fall, wenn der Geist durch die unerwünschten Gedanken so abgelenkt ist, dass er sich nicht auf andere Dinge zu konzentrieren scheint.

Wenn die Flut der Gedanken ein Problem ist

Offensichtlich sind Gedanken keine Gefahr. Gedanken sind einfach Gedanken. Wenn sie zu einem Problem geworden sind, tritt Folgendes auf:

- Rasende Gedanken hindern dich am Schlafen.
- Rasende Gedanken bereiten dir erhebliche Sorgen.
- Rasende Gedanken erschweren das Fokussieren.
- In rasenden Gedanken geht es um Themen, die nicht verarbeitet sind und die du vermeidest.
- Rasende Gedanken treten bei anderen Angstsymptomen auf.

Schlussendlich sind es nicht die Gedanken, die gefährlich sind, sondern die Tatsache, wie du darauf reagierst. Wenn deine Gedanken so schnell rasen, dass sie zu Schlaflosigkeit, Stress oder anderen emotionalen Problemen führen, ist es sehr wichtig, dass du lernst, sie zu kontrollieren. Es ist schwierig, im Leben den Fokus auf den wichtigen Dingen zu behalten, wenn man ungelöste Probleme in sich trägt, denn so schaffen wir innere Blockaden. Deswegen ist es wichtig, zu lernen, wie man Emotionen und Gedanken kanalisieren kann, damit es nicht zu einer Flut der Gedanken kommt. Diese stört dich und lässt dich nicht weitergehen. Sie hält dich in deinem Kopf fest und es wird immer schwieriger, achtsam zu sein und im Moment zu leben.

Ängste und das Bleiben in der eigenen Komfortzone

Wir alle haben Ängste, aber manchmal können uns diese so sehr festhalten und blockieren, dass wir uns einfach nicht trauen, aus der Komfortzone herauszukommen. Veränderungen sind ein harter Kampf und je nach Szenario kann es sein, dass dein Gehirn dir damit keinen Gefallen tut. Es gibt Möglichkeiten, dem Gehirn dabei zu helfen, sich leichter an Veränderungen anzupassen, aber zuerst gibt es ein paar Dinge, die du über dein Gehirn wissen solltest. Dein Gehirn ist permanent beschäftigt und nutzt einen großen Teil deiner Energieressourcen, um täglich das zu tun, was getan werden muss. Dennoch ist dein Gehirn generell faul, sodass es neben den vielen Aufgaben ungerne noch zusätzliche Aufgaben übernehmen möchte. Dein Gehirn kann nicht zwischen guten und schlechten Gewohnheiten differenzieren, sodass es möchte, dass du das tust, was du immer schon getan hast und somit in deiner Komfortzone bleibst. Das hängt vor allem damit zusammen, dass dein Gehirn dich vor Gefahren schützen möchte. Diese Reaktion ist, wie zu Anfang dieses Buches schon besprochen, evolutionär bedingt. Manchmal löst dein Gehirn die Angstreaktion aus, nur weil du ein paar Minuten zu spät zum Unterricht kommst, woran du höchstwahrscheinlich nicht sterben wirst. Du siehst also, dass das Gehirn nicht immer mit der richtigen Intensität handelt.

Wir stellen also fest, dass unser Gehirn sich nach Routine sehnt. Diese Routine ist zwar schön und gut, führt uns jedoch meist nicht zu Wachstum und maximaler Leistung. Davon abgesehen haben wir unsere Komfortzone selbst definiert - sie ist nicht real, sondern eine imaginäre Kiste, in die wir uns hineingesteckt haben. Wir bleiben darin, wachsen aber nicht. Wenn du von Zeit zu Zeit aus deiner Komfortzone herauskommst, wird sich die Toleranz deines Gehirns gegenüber Veränderungen zum Besseren hin verändern. Hin und wieder Dinge durcheinander zu bringen, zeigt deinem Gehirn außerdem, dass es nichts zu befürchten gibt - es wird dir gut gehen, auch wenn du ein wenig Stress hast - und es lohnt sich.

Die Komfortzone ist ein sicherer Raum, der Angst und Risiko minimiert und dich nicht dazu auffordert, etwas Neues zu tun oder zu sagen. Es kann ein Ort sein, an den du dich zurückziehst, weil es sich für dich angenehm anfühlt. Die Komfortzone eines jeden Menschen ist anders, aber wenn man in dieser Zone bleibt, kann man keine Belohnungen ernten und von dort, wo man sich gerade befindet, dorthin gelangen, wo man hin möchte. Wenn wir uns einer Herausforderung stellen müssen, rennen wir oft zurück in unsere Komfortzone. Wenn schwierige Dinge auf uns zukommen, vor denen wir Angst haben, ist es viel einfacher, in unsere Komfortzone zurückzukehren, als sich dieser Herausforderung zu stellen. Das zeigt uns, dass wir jeden Tag die Wahl haben, ob wir uns einer Herausforderung stellen oder in unsere Komfortzone zurückkehren wollen. Die meisten Menschen kehren natürlich lieber in ihre Komfortzone zurück, obwohl sie dabei eine Menge Dinge verpassen, die ihr Leben erheblich verbessern könnten.

Man erkennt am leichtesten, dass es Zeit für eine Veränderung ist, wenn man Ausreden sucht. Wir alle kennen diese Situation wahrscheinlich, wenn wir uns Ausreden ausdenken, um zum Beispiel nicht ins Fitnessstudio gehen zu müssen. Das ist auch in jeder anderen Situationen so, egal ob in unserem Privat- oder Arbeitsleben. Ausreden tauchen in unserem Kopf auf, wenn wir uns unwohl fühlen und uns in einer unangenehmen Situation befinden. Daher muss man in der Lage sein, aus der Komfortzone zu steigen, um Veränderungen vorzunehmen und etwas Größeres zu erreichen.

Das Verlassen der Komfortzone hat viele Vorteile. Angefangen bei der Verbesserung der geistigen und körperlichen Gesundheit bis hin zu finanziellen- und Beziehungsvorteilen. Jedes reale oder imaginäre Risiko, aus der Komfortzone zu steigen, kann und sollte in ein positives Risiko umgewandelt werden - ein Scheitern ist nicht zu befürchten. Der Satz „Was ist das Schlimmste, das passieren kann?" ist hier wirklich wichtig und sollte nicht ignoriert werden. Wenn du dir diese Frage stellen und beantworten kannst, wirst du feststellen, dass nichts so schlimm ist, wie es zunächst scheint. Den Schritt aus der Komfortzone regelmäßig zu gehen, wird den größten Unterschied für dein Leben bedeuten.

Das Wichtigste in Kürze

✓ Ein problemorientierter Denker fragt sich warum ein Problem aufgetreten ist, ein lösungsorientierter Denker, denkt über mögliche Lösungen für ein Problem nach.

✓ Du fühlst dich machtlos, wenn du dich auf das Problem konzentrierst und gestärkt, wenn dein Fokus auf der Lösung liegt.

✓ Die Gedankenflut kann innere Blockaden stärken und dich davon abhalten, nach vorne zu gehen und deine Ziele zu erreichen. Sie entzieht dir Energie und hindert dich so daran, im gegenwärtigen Moment zu leben, so erschwert sie es dir, dich zu konzentrieren, tägliche Aufgaben zu erledigen und beeinträchtigt deinen Schlaf.

✓ Schlussendlich sind es nicht die Gedanken, die gefährlich sind, sondern die Tatsache, wie du darauf reagierst.

✓ Den Fokus auf dem Wichtigen zu behalten ist schwer, wenn man ungelöste Probleme in sich trägt.

✓ Die Komfortzone dient dem Gehirn dazu, energiesparender zu arbeiten und uns zu schützen. Allerdings haben wir unsere Komfortzone selbst definiert - sie ist nicht real, sondern eine imaginäre Kiste, in die wir uns hineingesteckt haben. Wir bleiben darin, wachsen aber nicht.

✓ Wenn du von Zeit zu Zeit aus deiner Komfortzone herauskommst, wird sich die Toleranz deines Gehirns gegenüber Veränderungen zum Besseren hin verändern. Dabei erkennt man am leichtesten, dass es Zeit für eine Veränderung ist, wenn man nach Ausreden sucht.

✓ Wandle jedes reale oder imaginäre Risiko, aus der Komfortzone zu steigen, in ein positives Risiko um. Frage dich: „Was ist das Schlimmste, das passieren kann?“

Kapitel 7: Bewältigungsstrategien

Wenn du versuchst, dein Leben zum Besseren zu verändern, stößt du manchmal auf eine Blockade, wie zum Beispiel einen ablenkenden Gedanken. Die Blockade steht dir dann im Weg. So verlieren wir manchmal die Inspiration und Begeisterung für das Leben. Allerdings gehören auch solche Dinge zum Leben eines Menschen dazu. Es kann jedoch schwierig sein, Aufgaben zu erledigen, wenn du in einer Stimmung bist, in der nichts wirklich gut zu laufen scheint. Deswegen solltest du auf jeden Fall Bewältigungsstrategien erlernen, die dir helfen können, innere Blockade zu lösen.

Was du nicht tun solltest

Innere Blockaden, die ein Ergebnis von anderen Zuständen, wie Angst, Traurigkeit und Wut sind, sind ein grundlegender Bestandteil des Lebens und manchmal haben wir Schwierigkeiten, effektiv mit ihnen umzugehen. Es kann verlockend sein, auf das zu reagieren, was du gerade fühlst, aber das behebt oft nicht die Situation, die die Emotionen verursacht hat. Tatsächlich kann es zu weiteren Problemen und Blockaden führen, die später noch schwieriger zu bewältigen sind. Hier sind einige der schädlichen Arten, wie Menschen mit inneren Blockaden umgehen:

Leugnung

Leugnung ist, wenn sich eine Person weigert zu akzeptieren, dass etwas nicht stimmt oder dass Hilfe benötigt wird. Wenn Menschen leugnen, dass sie problematische Gefühle oder innere Blockaden haben, können diese Gefühle bis zu einem Punkt kommen, an dem eine Person „explodiert" oder sich auf schädliche Weise verhält.

Rückzug

Rückzug ist, wenn eine Person nicht in der Nähe sein oder an Aktivitäten mit anderen Personen teilnehmen möchte. Das ist etwas anderes, als von Zeit zu Zeit allein sein zu wollen und kann ein Warnsignal für Depressionen sein. Manche Menschen können sich zurückziehen, weil es zu viel Energie braucht, um in der Nähe anderer Menschen zu sein oder sie fühlen sich damit überfordert. Andere wiederum ziehen sich möglicherweise zurück, weil sie nicht glauben, dass sie von anderen gemocht werden und ihr Umgang erwünscht wird. Allerdings bringt der Rückzug seine eigenen Probleme mit sich. So führt er zu extremer Einsamkeit, Missverständnissen, Wut und einem verzerrten Denken. In der Regel müssen wir mit anderen Menschen interagieren, um eine Balance halten zu können.

Mobbing

Mobbing ist, wenn eine Person Gewalt oder Drohungen einsetzt, um seine Macht über andere zu demonstrieren. Menschen nehmen in der Regel an Mobbing-Verhalten teil, weil sie sich nicht gut fühlen und sich besser oder weniger allein fühlen, wenn sie jemand anderen dazu bringen, sich schlecht zu fühlen. Es ist sowohl für den Mobber als auch für die gemobbte Person schädlich und geht nicht auf die zugrunde liegenden Probleme ein.

Selbstverletzung

Selbstverletzung kann viele Formen, wie zum Beispiel Schneiden, Verhungern, Stechen oder die Teilnahme an gefährlichem Verhalten annehmen. Viele Menschen verletzen sich selbst, weil sie das Gefühl haben, sie hätten dadurch die Kontrolle über ihre emotionalen Schmerzen. Selbstverletzung kann vorübergehende Linderung bringen, aber gleichzeitig können diese Verhaltensweisen süchtig machen und dazu führen, dass Menschen außer Kontrolle geraten und mehr Schmerzen haben als je zuvor.

Substanzgebrauch

Substanzgebrauch ist der Konsum von Alkohol und anderen Drogen, damit sich eine Person in schmerzhaften Situationen besser oder taub fühlt. Alkohol- und Drogenkonsum kann das Gehirn schädigen, sodass es größere Mengen an Substanzen benötigt, um den gleichen Effekt zu erzielen. Dies kann negative Gefühle noch verschlimmern und in einigen Fällen zu Selbstmordgedanken oder Sucht führen.

Was du unbedingt tun solltest

Hier findest du einige schnelle Tipps, die dabei helfen können, dass du dich im Moment besser fühlst. Natürlich werden wir tiefer in die Strategien eingehen, aber zuerst möchte ich dir einige hilfreiche und schnelle Methoden vorstellen, die du sofort ausprobieren kannst.

Schritt **1**: Pause

Dieser Schritt ist wichtig, weil du nicht sofort auf Gefühle einwirkst, sondern dich selbst stoppst und die Dinge durchdenkst. Zähle bis 100 oder sprich das Alphabet rückwärts. Personen mit inneren Blockaden sind sich normalerweise nicht bewusst, dass sie eine haben. Deswegen ist es wichtig, eine Pause zu machen und das Ganze einem Test zu unterziehen.

Schritt **2**: Bestätige, was du fühlst

Bist du zum Beispiel sauer auf jemanden oder bist du traurig, weil deine Gefühle durch das, was jemand getan hat, verletzt wurden? Was auch immer du fühlst; es ist in Ordnung, sich so zu fühlen. Du solltest dir lediglich über das konkrete Gefühl im Klaren sein.

Schritt **3**: Denk nach

Nachdem du dir einige Zeit genommen hast, um herauszufinden, was genau du fühlst, überlege, wie du dich besser fühlen kannst. Sei dabei nicht länger problemorientiert, sondern lege deinen Fokus auf die Lösung deines Problems.

Schritt **4**: Hilfe

Ergreife eine Maßnahme, um dir selbst zu helfen, basierend auf dem, was du im Schritt „Denk nach“ herausgefunden hast. Wähle dabei die Lösung aus, mit der du dich am wohlsten fühlst.

Wenn du Probleme hast, Möglichkeiten zur Selbsthilfe zu finden, kann dir diese Liste Anreize geben:

- ✓ Lies die Geschichte von jemandem, den du bewunderst.
- ✓ Schau dir ein lustiges YouTube-Video an.
- ✓ Spiele mit einem Tier.
- ✓ Sehe dir einen Film an, den du geliebt hast, als du jünger warst.
- ✓ Räume dein Zimmer um.
- ✓ Mach eine Liste der Orte, an die du reisen möchtest.
- ✓ Adressiere deine Grundbedürfnisse.
- ✓ Iss einen gesunden Snack.
- ✓ Trink ein Glas Wasser.
- ✓ Dusche oder bade.
- ✓ Mach ein Nickerchen.
- ✓ Zeichne, wie du dich fühlst.
- ✓ Mach eine Dankbarkeitsliste.
- ✓ Schlage ein Kissen.
- ✓ Schrei in ein Kissen.
- ✓ Weine.

Nachdem du die Schritte einzeln durchgegangen bist, kann es sein, dass du deine Gefühle rauslassen möchtest. Denn das einfach Durchdenken deiner Gefühle kann auch wieder zu einer Blockade führen. Dementsprechend empfehle ich dir im besten Fall mit jemandem darüber zu sprechen. Wenn du das jedoch nicht möchtest oder niemanden hast, dem du dich anvertrauen kannst, bringe deine Gedanken und Gefühle zu Papier. Wenn sich deine Gefühle auf eine bestimmte Person beziehen, kannst du ihm oder ihr auch einen Brief schreiben, den du allerdings nicht abschicken musst. Du kannst ihn einfach behalten und zerreißen, sobald du dir alle Dinge von der Seele schreiben konntest. Unabhängig davon, ob du dich für den Austausch oder das Aufschreiben entscheidest, solltest du besser bei Stift und Papier bleiben, da alles, was du im Internet postest nur schwer wieder zu entfernen ist.

Probleme lösen

Probleme können hartnäckig sein und manchmal ist es alles andere als leicht, lösungsorientiert zu bleiben, wenn die Probleme sehr präsent sind. Damit es dir in Zukunft leichter fallen wird, deine Probleme schnellstmöglich aus der Welt zu schaffen, findest du im Folgenden einige Tipps:

✓ Mache eine Liste mit Lösungen für Probleme. Dabei kann es hilfreich sein, mit einem Freund oder Familienmitglied ein Brainstorming durchzuführen.

✓ Fertige eine Liste deiner Stärken an. Es gibt viele Dinge an dir, die fantastisch sind, egal wie schlecht du dich im Moment fühlst.

✓ Wenn dich jemand verärgert hat, sprich ihn direkt darauf an. Fülle am besten die Lücken zu diesem Satz aus.

„Ich fühle mich ____________________, wenn ____________________, weil ____________________. Könntest du bitte das nächste Mal ____________________."

Beispiel: „Ich fühle mich ausgeschlossen, wenn am Mittagstisch kein Platz ist, weil ich dann keine Freunde zum Reden habe. Kannst du mir bitte das nächste Mal einen Platz sichern?"

✓ Suche dir eine Wohltätigkeitsarbeit, beziehungsweise mache etwas Selbstloses. Du kannst zum Beispiel etwas Nettes für jemanden tun, den du kennst oder auch einem Fremden helfen.

✓ Schaffe dir Platz für Freizeit. Es kann helfen, wenn du dir bewusst Zeit für dich nimmst und nicht ständig beschäftigt bist. Denn gerade, wenn man nicht aktiv über das Problem nachdenkt, kann die Lösung zu einem kommen.

✓ Suche dir ein Hobby, mithilfe dessen du deinen Stress abbauen kannst. Auch so bekommst du einen klareren Kopf und kannst besser durchatmen.

✓ Lerne etwas Neues. Dabei bist du beschäftigt und kannst ganz neue Dinge für dich entdecken.

✓ Bastel etwas. Überlege dir ein DIY-Projekt, male oder zeichne. Wenn es dir alleine keinen Spaß macht, lade dir einen Freund ein.

✓ Beginne mit dem Schreiben. Entweder schreibst du eine Geschichte oder nur ein Gedicht. Wenn du auf beides keine Lust hast, kann auch schon ein Tagebucheintrag helfen.

✓ Werde aktiv. Egal, ob du dich für Tanzen, Laufen oder Kraftsport entscheidest, jede Form der Bewegung wird dir helfen Stress abzubauen und Klarheit zu bekommen.

✓ Nutze deinen grünen Daumen. Besorge dir eine Pflanze oder kümmere dich um deinen Garten. Wenn du keinen Garten hast, gucke, welche Möglichkeiten du hast, um dein Leben grüner zu gestalten.

✓ Beginne mit Entspannungsübungen. Übe zunächst die Bauchatmung, indem du eine Hand auf deinen Bauch legst und damit beginnst langsam zu atmen. Stelle dir beim Einatmen einen Ballon in deinem Magen vor, der sich füllt und atme weiter ein, bis der Ballon sehr voll ist. Lege die andere Hand auf dein Herz, fühle deinen Herzschlag und halte den Atem 5 Sekunden lang an. Lass den Atem nun langsam für 10 Sekunden entweichen – fühle dabei, wie dein Bauch wie ein Ballon abflacht. Wiederhole diesen Vorgang 4 oder 5 Mal - du solltest bemerken, dass dein Herzschlag langsamer wird und sich deine Muskeln entspannen.

- ✓ Gehe spazieren. Genieße dabei die Natur und versuche so viel wie möglich in dich aufzusaugen. Spüre außerdem den Boden unter deinen Füßen und die Luft auf deiner Haut nach. Konzentriere dich die ganze Zeit auf die Wahrnehmung deiner Sinne.

- ✓ Lies ein gutes Buch. Wenn die eigenen Probleme einen zu erschlagen scheinen, kann es nicht schaden, sich in eine andere Welt zu flüchten, solange es kein Dauerzustand wird.

- ✓ Höre Musik, einen Podcast oder ein Hörbuch. Dabei kannst du entspannen und je nachdem deine Laune steigern, etwas Neues lernen oder in eine andere Welt eintauchen.

- ✓ Mache kurzfristig Social Detox. Schalte sowohl dein Handy als auch dein Tablet und Computer für einen bestimmten Zeitraum aus.

Wenn nichts zu funktionieren scheint …

Wenn du einige meiner Tipps ausprobiert hast, aber immer noch traurig, besorgt oder ängstlich bist, zeigst du möglicherweise frühe Warnsignale für Angstzustände oder Depressionen auf. Eventuell brauchst du aber auch einfach den Kontakt zu anderen Menschen. Dementsprechend kannst du anschließend einem Freund eine Nachricht senden, jemanden bitten, zu dir zu kommen oder mit einem Familienmitglied oder Freund telefonieren. Hilft auch davon nichts wirklich weiter und deine Vermutungen einer möglichen Depression verhärten sich, suche professionelle Hilfe auf. Letztendlich brauchst du dich dabei auch nicht unwohl fühlen oder dich gar schämen. Denn am Ende des Tages ist es stark, sich Hilfe zu suchen und so kann dir frühzeitig geholfen werden. Es kann hilfreich sein, zunächst das Gespräch mit einem Arzt oder einem geliebten Menschen über die psychische Gesundheit zu suchen.

Akzeptieren anstatt dagegen anzukämpfen

Wir sind permanent auf der Suche nach Antworten, die außerhalb von uns liegen. Dieses ständige Suchen im Außen ist jedoch kein Vertrauensbeweis in den Ausdruck der Berufung unserer Seele. Wir unterstellen unserer Seele, dass sie nicht weiß, wo uns unser Leben hinführen soll - was unsere Bestimmung auf dieser Welt ist. Um unsere Antworten tatsächlich zu finden, müssen wir unsere Suche nach innen richten, so auch um innere Blockaden zu lösen. Wenn wir uns nach innen richten, müssen wir manchmal auch unbekanntes Terrain erkunden und keinen gut beleuchteten Weg gehen, sondern uns ein Werkzeug schnappen und unseren eigenen Weg freimachen. Wenn wir nach innen gehen, können wir unseren Schmerzen nicht länger ausweichen. Wir müssen uns damit auseinandersetzen. Aber Schmerz ist ein seltsames Paradoxon - je mehr wir dagegen ankämpfen, desto mehr stärken wir es. Alles, was du bekämpfst, hat Macht über dich. Alles, was du akzeptierst, verliert sein Gewicht. Wenn die Sehnsucht, das Streben und Drängen nach dem, was du so dringend willst, endlich ein Ende hat, bist du frei. Nur von diesem Ort der Freiheit und des entschuldigungslosen, beschissenen Selbstausdrucks aus kannst du ein bedeutungsvolles Leben führen. Wenn wir uns den Umständen ergeben, gegen die wir gekämpft haben, verlieren sie all ihre Macht über uns. Aber wir müssen aufpassen, dass wir Kapitulation nicht mit Resignation oder Apathie verwechseln. Wenn wir uns ergeben, kommen all unsere Handlungen von einem Ort des Friedens und der Fülle. Wenn wir verzweifelt gegen einen Umstand kämpfen, tun wir dies mit der hektischen Energie von Chaos und Knappheit.

Wenn die Dinge nicht nach deinen Wünschen verlaufen

Kapitulation bedeutet nicht, dass du niemals enttäuscht wirst und dass alles nach deinen Wünschen verläuft. Jemand wird dir das Herz brechen, wenn du es aufs Spiel setzt. Jeder wird sich irgendwann von dir trennen, bis du die Person triffst, die du heiratest. Du könntest von einem Job entlassen werden, aber es könnte das Beste sein, was dir jemals passiert ist. Ein Projekt wird deinen Erwartungen möglicherweise nicht gerecht, aber was du daraus lernst, kann eine tiefgreifende persönliche Wachstumserfahrung sein. Wenn du dich für ein Leben voller Farben, voller Kontakte und voller Selbstverwirklichung entscheidest, wirst du Rückschläge und Enttäuschungen erleiden. Die einzige Möglichkeit, Enttäuschungen zu vermeiden, besteht darin, überhaupt kein Risiko einzugehen. Das ist eine unglaublich eingeschränkte Art, sein Leben zu leben.

Ehre die Vergangenheit

Wenn wir an eine herausfordernde Erfahrung aus unserer Vergangenheit denken, sei es eine Beziehung, die nicht funktioniert hat oder einen Job, von dem wir entlassen wurden, konzentrieren wir uns meistens auf das Negative und übersehen das Positive. Wir tragen diese Energie mit uns in die Zukunft und die Zukunft wird zur Vergangenheit. Aber wenn wir die Vergangenheit ehren und daraus die wertvollsten Lehren ziehen, löst sich die Macht auf, die sie über uns hat. Eine hilfreiche Übung ist, etwas Großartiges über jede Person zu schreiben, die dich verletzt hat. Du musst dies jedoch nicht nur auf intime Beziehungen anwenden. Es kann auf fast alles angewendet werden. Wenn du das tust, siehst du, dass die Leute dir oft erstaunliche Geschenke gemacht haben, trotz der Schmerzen, die sie dir verursacht haben. Wenn du den Groll loslässt, den du gegenüber einer Person empfindest, die dich verletzt hat und ihr vergibst oder mit einer schwierigen Erfahrung aus der Vergangenheit Frieden schließt, verliert sie ihre Macht. Wenn du deine Rückschläge akzeptierst, werden sie zu einer Gelegenheit, aus Enden neue Anfänge zu machen. Hier sind einige Dinge, die helfen können, die Vergangenheit zu ehren und loszulassen:

- **Dankbarkeit:** Obwohl Dankbarkeit Probleme nicht magisch löst, ist es eine subtile energetische Veränderung, die auch deine Stimmung verändern kann. Wenn du Dankbarkeit übst, wirst du dir auch all der großen Dinge in deinem Leben bewusst, die du normalerweise für selbstverständlich gehalten hast.

- **Verbessere deine Umgebung:** Nichts hat tiefgreifendere Auswirkungen auf dein Verhalten und deine Emotionen als deine Umgebung. Während du nicht alles aus der Vergangenheit verbrennen musst, möchtest du, dass die Umgebung repräsentativ für das ist, was du werden möchtest. Dies allein kann einen drastischen Einfluss darauf haben, dass du dich besser fühlst.

- **Zur Therapie gehen:** Jeder sollte mindestens einmal einen Therapeuten aufsuchen. Ein Therapeut ist wie ein Trainer, aber für dein Gehirn anstelle deines Körpers. Er schärft dein Bewusstsein für Muster in deinem Leben und ist objektiv. Du kannst ihm alles erzählen, ohne dich schämen oder fürchten zu müssen, dass du beurteilt wirst.
- **Selbstpflege:** Tue dir selbst etwas Gutes, um ein Kapitel des Lebens zu schließen und ein neues zu beginnen. Ein Upgrade der Umgebung ist eine Form der Selbstpflege. Bewegung, Reisen und neue Hobbys können Formen der Selbstpflege sein.
- **Perspektive:** Wenn wir die Vergangenheit ehren, schaffen wir einen offenen Raum für die Zukunft. Wenn wir an der Vergangenheit festhalten, werden wir sie wahrscheinlich wiederholen.

Umarme die Unsicherheit

Es gibt drei mögliche Szenarien für jeden Lebensumstand:

✓ So, wie wir es uns vorgestellt haben

✓ So, wie es aktuell ist

✓ So, wie es sein könnte

Wenn es derzeit nicht so ist, wie wir es uns vorgestellt haben, sind wir von der Möglichkeit ausgeschlossen, wie es sein könnte. Wir versuchen effektiv, die Vergangenheit in die Gegenwart zu verwandeln. Zu ehren, was sein könnte, bedeutet, die Unsicherheit zu ehren. Und für die meisten von uns verursacht Unsicherheit Angst, Unruhe und die Prognose von den schlechtesten Szenarien. Aber wir übersehen bei der Unsicherheit die erstaunlichen Dinge, die auch passieren könnten.

Die Ordnung des Universums

Wenn du dich ständig fragst, warum etwas passiert ist und wenn du an einem dunklen Ort bist, dann haben wir einiges zu klären. Glaube mir wenn ich sage, dass die Dinge wirklich eine Ordnung haben. Jede einzelne Enttäuschung, jeder Misserfolg, jeder Herzschmerz, alles, was nicht geklappt hat, hat einen Grund.

Die Ereignisse des Universums scheinen eine Ordnung zu haben:

- Jeder Verlust wird zu einer Öffnung für einen Gewinn.
- Jeder Rückschlag wird zur Chance für ein Comeback.

Es ist schwierig, das Gute zu erkennen, das in dem Moment, in dem es geschieht, von etwas Schrecklichem ausgeht. Es ist oft etwas, das wir nur im Nachhinein erkennen. Verpflichte dich, das zu akzeptieren, was ist. Du musst es nicht mögen, um anzuerkennen, dass etwas so ist, wie es ist. Verbringe so viel Zeit in diesem Schritt, wie du brauchst, um zu spüren, wie dein Geist, deine Gefühle und dein Körper weich werden, um zu verstehen, was passiert. Nur dann kannst du deine Aufmerksamkeit wieder auf das lenken, was du tun kannst. Es ist eine Verschwendung von Zeit und Energie, gegen das zu kämpfen, was bereits geschehen ist. Und du wirst verblüfft sein, wie schnell Situationen und Lösungen aus heiterem Himmel auf dich zukommen, wenn du den Widerstand aufhebst.

Das Wichtigste in Kürze

✓ Es ist verlockend darauf zu reagieren, was man gerade fühlt, jedoch behebt das nicht die Ursache der Emotion, sodass es zu weiteren Problemen und Blockaden führt. Stattdessen sollte man sich ein funktionierendes Ventil suchen, um Gefühle loszuwerden.

✓ Permanent suchen wir nach Antworten, die außerhalb von uns liegen. Allerdings unterstellen wir damit unserer Seele, dass sie nicht weiß, was unsere Bestimmung auf dieser Welt ist.

✓ Um unsere Antworten zu finden, müssen wir unsere Suche nach innen richten, auch um innere Blockaden zu lösen, dabei können wir unseren Schmerzen nicht länger ausweichen und müssen uns damit auseinandersetzen.

✓ Alles, was du bekämpfst, hat Macht über dich. Alles, was du akzeptierst, verliert sein Gewicht.

✓ Um in deinem Leben Wachstum zu erfahren, wirst du Rückschläge und Enttäuschungen erleiden. Die einzige Möglichkeit, Enttäuschungen zu vermeiden, besteht darin, sich einzuschränken und überhaupt kein Risiko einzugehen.

✓ Jede negative Erfahrung, die wir mit in die Gegenwart nehmen, entfaltet ihre Energie in der Zukunft, sodass die Zukunft zur Vergangenheit wird. Wenn wir die Vergangenheit ehren und daraus die wertvollsten Lehren ziehen, löst sich die Macht auf, die sie über uns hat.

✓ Alle Ereignisse unterliegen der Ordnung des Universums, sodass jeder Verlust zu einer Öffnung für Gewinn und jeder Rückschlag zu einer Chance für ein Comeback wird. Verpflichte dich anzuerkennen, dass alles so ist, wie es ist, dafür musst du es nicht mögen.

Kapitel 8: Gedanken kontrollieren

Wenn man seine Gedanken unter Kontrolle bekommen und sich nicht mehr unkontrollierbar steuern lassen möchte, ist es ratsam sich mit dem Thema der Gedankenkontrolle zu verfassen. Dabei geht es nicht darum andere dadurch zu manipulieren, sondern die eigenen Gedanken in gewisser Art und Weise bewusst steuern zu können.

Negative Gedanken unterbrechen und umwandeln

Eine pessimistische, düstere Sichtweise kann dein Leben sehr belasten. Aber die gute Nachricht ist, dass jeder lernen kann, wie man gegen negatives Denken vorgeht. Dabei gibt es einfache, aber effektive Methoden, um die Denkweise zu ändern:

- Wenn du bemerkst, dass negative Gedanken oder Bilder in deinen Geist eindringen, versuche, dir selbst „Stopp!“ zu sagen. Wenn du alleine bist, kannst du versuchen, es laut auszusprechen, aber es kann auch sehr effektiv sein, wenn es nur in deinem Kopf gesagt wird.

- Für Menschen, die nicht von Worten bewegt sind, können Bilder wirkungsvoller sein. Das klassische Beispiel ist ein leuchtend rotes Stoppschild, das du dir vor Augen halten kannst, wenn aufdringliche Gedanken auftauchen.

- Es gibt auch einige direktere Ansätze zum Unterbrechen des Denkens. Du kannst zum Beispiel die alte Taktik ausprobieren, das Gesicht mit Wasser zu bespritzen, oder einfach die Richtung des Denkens zu ändern. Einige Leute mögen es, von 100 auf 1 rückwärts zu zählen.

- Sobald du einen negativen Gedanken identifiziert hast, besteht das Ziel darin, ihn durch einen echten Gedanken zu ersetzen. Eine der besten Möglichkeiten, dies zu tun, besteht darin, sich zu fragen: „Was würde ich einem Freund sagen, wenn er dieses Problem hätte?"

- Wenn du denkst: „Ich werde nie genug Geld für das Auto sparen", kannst du dir selbst sagen: „Ich kann einen klaren Plan für das Sparen von mehr Geld aufstellen, damit ich mir das Auto leisten kann."

Das Ersetzen der übermäßig negativen Gedanken durch realistischere Aussagen kann dich zu positiven Maßnahmen anregen. Dies ist der Schlüssel zur Schaffung der Art von Leben, die du leben möchtest. Studien zeigen, dass das Ändern der Gedanken dein Gehirn im Laufe der Zeit physisch verändert. Das heißt, dass realistisches Denken mit der Zeit zur zweiten Natur wird. Das Gehirn wird beginnen, dich und deine Fähigkeiten in einem realistischeren Licht zu sehen.

Positive Affirmationen

Positive Affirmationen können auf verschiedene Arten verwendet werden. Erstens könnten sie auf die gleiche Weise wie Techniken zum Stoppen der Gedanken eingesetzt werden. Mit anderen Worten; du könntest eine Bestätigung sagen, sobald du einen negativen Gedanken verspürst. Wenn du z.B. versuchst, den richtigen Partner zu finden, kannst du sagen: „Ich bin eine wertvolle, liebenswerte Person und ich werde eine großartige Beziehung finden." Zweitens jedoch verändert das tägliche Bekräftigen dein Denken und macht es zu einem leistungsstarken Instrument, auch wenn du bereits gut gelaunt bist. Plane deine Affirmationen sorgfältig und versuche, im Spiegel einen Blickkontakt mit dir selbst herzustellen, wenn du diese rezitierst.

Grenzen durchsetzen

Wenn du lange Zeit mit negativem Denken gelebt hast, hältst du es möglicherweise für unrealistisch, den Ansatz zu ändern. In dieser Situation scheinen selbst Bestätigungen und Denkanstöße das negative Denken für einen späteren Zeitpunkt lediglich zu verzögern. Wenn dir das bekannt vorkommt, solltest du einige Wochen damit verbringen, Grenzen im negativen Denken durchzusetzen. Die Idee dabei ist, dass du eine feste, begrenzte Zeitspanne wählst, in der dein Verstand negative Gedanken unterhalten kann, und dass du dich verpflichtest, sie zu jeder anderen Zeit der Woche gewaltsam zu stoppen oder zu bekämpfen. Wenn du dir sicher bist, dass du die Zeit haben wirst, dich mit diesen Gedanken zu befassen, wirst du feststellen, dass sie weniger mächtig sind und weniger Potenzial haben, deinen Geist zu beherrschen.

Schreiben und Zerstören

Wenn deine negativen Gedanken mit einer bestimmten starken Emotion wie Angst, Wut oder Eifersucht verbunden sind, versuche es, sie alle schriftlich auszudrücken. Verwende einen Stift und Papier, und drücke die ganze aufgestaute Negativität aus. Du kannst dann einen Weg wählen, um dieses Papier zu zerstören, was die Verpflichtung zum Weitermachen symbolisiert. Zum Beispiel könntest du es zerreißen, zu einer Kugel zerdrücken, verbrennen oder darüber kritzeln. Diejenigen, die nicht so gerne Worte verwenden, können beispielsweise eine Darstellung der Negativität formen oder malen und diese dann zerstören. Der Sinn dieser Technik besteht darin, eine Art physische Repräsentation der Negativität zu erhalten, damit du sie auf befriedigende symbolische Weise verbannen kannst. Du kannst auch versuchen, mit dir selbst zu argumentieren, wenn du das Gefühl hast, dass du zu viel Negativität hast. Diese Technik beinhaltet das Finden eines Satzes, den du vor dir selbst rezitieren kannst, um zu erkennen, dass du Macht über deine körperlichen Reaktionen hast und um diese Macht mit der Zeit zu steigern. Übe diesen Ansatz, indem du einen tiefen, reinigenden Atemzug nimmst und etwas sagst wie „Nur weil ich schlechte Beziehungen hatte, heißt das nicht, dass ich das mit meinem Körper machen muss" oder „Nur weil ich Schwierigkeiten habe, einen guten Job zu finden, heißt das nicht, dass ich in Zukunft nie wieder einen finden werde.“ Sage nach dem von dir gewählten Satz: „Jetzt entspanne ich mich“. Lass das Wort „entspannen“ dein Stichwort sein, um auszuatmen und Spannung und Negativität rauszulassen.

Die Situation aktualisieren

Bevor du es versuchst, musst du möglicherweise die Situation in deinem Kopf neu definieren oder neu bewerten. Wenn du beispielsweise aufgrund eines Flugausfalls stundenlang am Flughafen festsitzt, denk nicht daran, was du verpasst. Siehe es stattdessen als eine Gelegenheit, die Arbeit zu erledigen oder die Eltern oder einen alten Freund anzurufen. Wenn du die Situation erfolgreich überarbeitet hast, kann es einfacher sein, sich mit einer Visualisierungsübung abzulenken, ein Buch zu lesen oder einen kurzen Spaziergang zu machen.

Der Schlüssel bei der Umwandlung von negativen Gedanken in positive ist es, negative Gedanken als solche zu erkennen, sie zu stoppen und darüber nachzudenken, was du einem Freund als Rat sagen würdest. Diesen Rat solltest du dann dir selbst sagen und einsehen, dass der negative Gedanke nur ein Gedanke ist und keine Realität. Dann ist es Zeit, diesen negativen Gedanken durch einen positiven zu ersetzen, ein positives Ergebnis zu visualisieren und allgemein eine positive Einstellung zu haben.

Entfessele dich selbst

Um innere Ruhe zu finden, muss man die Gedankenmuster und Perspektive ändern. Die meisten deiner Gedanken sind Überzeugungen, die Macht über deinen Geist haben. Wenn du das erkennst, wirst du Kraft finden. Die Menschen sind sich nicht bewusst, wie viel Aufmerksamkeit unwichtigen Ereignissen in ihrem Leben geschenkt wird - das Bewusstsein ist in den meisten Fällen ausschlaggebend. Das Bewusstsein kann sowohl als wilder Hengst als auch als Schimpanse betrachtet werden, manchmal wild und unberechenbar. Der Geist erinnert sich an die Vergangenheit und sagt mit Leichtigkeit die Zukunft voraus, hat aber eine Verachtung dafür, im gegenwärtigen Moment zu sein. Es kann schwierig sein, im gegenwärtigen Moment zu bleiben, ohne dass die Gedanken irgendwo anders hingehen. Wir wissen nicht, was die Zukunft bringt, obwohl der Verstand auf der Grundlage historischer Informationen Schlussfolgerungen zieht.

Der Verstand ist ein Speicher für Daten

Wir denken selten bewusst, sondern greifen auf unser Informationslager zurück. Subjektive Realität ist der Begriff, der diesen Seinszustand beschreibt. Es hängt davon ab, wie man die Welt durch seine eigene Linse betrachtet. Diese Objektive sind Filter, in denen du deine gegenwärtigen und zukünftigen Erfahrungen erstellst.

Achte auf deine Gedanken

Die Seele färbt sich mit der Farbe deiner Gedanken. Sich seiner Gedanken bewusst zu sein bedeutet, sich nicht mit ihnen zu beschäftigen, um eine Bestätigung zu erlangen. Wenn du zum Beispiel den Gedanken hast, „Anna ist dumm, warum wiederholt sie dieses Verhalten?“, durchsucht dein Verstand seine mentale Aufzeichnung, um den Gedanken zu untermauern. Wenn du dies früher erlebt hast, wird der Geist darauf zurückgreifen und es mit dem gegenwärtigen Moment in Verbindung bringen, um den Gedanken zu bestätigen. Um dies zu vermeiden, verwende einen neutralen Gedanken: „Ist das nicht interessant?". Dies ist von Natur aus beobachtend und erfordert nicht, dass der Verstand nach Antworten sucht. Die Prämisse dieses Vorschlags ist, dass du Fragen stellst, die den Geist stärken, anstatt ihn zu verneinen.

Beurteile deine Gedanken nicht

Einen Gedanken zu beurteilen, bedeutet zu assoziieren, ob etwas gut oder schlecht ist. Wenn du einen Gedanken beurteilst, kategorisierst du ihn nach deinen Vorlieben. Mit einem negativen Gedanken kreiert der Verstand eine unangenehme Assoziation. Lasse stattdessen zu, dass Gedanken wie ruhiges Wasser durch den Geist fließen und hänge nicht an ihnen. Sei ein stiller Zeuge. Finde eine ruhige Zeit und beobachte deine Gedanken zehn Minuten oder länger. Stelle sie dir als einen Fluss vor, der durch deinen Geist fließt. Rufe ein Bild von einem ruhigen Fluss auf, um eine stärkere mentale Assoziation zu bilden.

Wenn du diese Szenerie erstellst, löst du jede Bedeutung des Gedankens. In Bezug auf die Flussanalogie bedeutet dies, dass das Wasser in verschiedene Richtungen fließt oder die Kraft ändert. Beobachte, was passiert, ohne dich auf den Gedanken einzulassen.

Ersetze alte Gedanken durch neue

Es ist wichtig, neue Gedanken zu kreieren und unerwünschte auszumerzen. Wenn du dazu neigst, deinen Job oder deine Karriere zu sabotieren, könntest du dich auf den folgenden Gedanken einlassen: „Ich werde nie einen Job finden, den ich mag. Alle guten sind vergeben." Wenn dieser Gedanke auftaucht, beobachte ihn und ersetze ihn durch einen ermutigenden Gedanken wie: „Der perfekte Job und die perfekte Karriere finden auf einfache und mühelose Weise ihren Weg in mein Leben." Suche nach Beweisen für den neuen Gedanken, um ihn zu unterstützen. Hebe den begrenzenden Gedanken auf und ersetze ihn durch einen neuen, damit dein Verstand einen neuen Bezug hat. Du trainierst den Geist, indem du ihm neue Impulse gibst und die alte Assoziation aufhebst. Mach mit dieser Übung weiter, da es Zeit braucht, um die Vorteile zu erkennen.

Hinterfrage deine Gedanken

Einen Gedanken zu haben bedeutet nicht, dass der Gedanke real ist. Hinterfrage das Motiv deiner Gedanken. Wenn du Wohlstand schaffen möchtest, stelle alle einschränkenden Gedanken in Bezug auf Armut infrage. Wenn du dich auf Gedanken wie „Ich bin arm und pleite" einlässt, brich den Gedanken ab und prüfe, ob er wahr ist. Du wirst sehen, dass er es selten ist. Es wurde oft wiederholt, dass sich dein Verstand daran gewöhnt hat, es zu glauben. Mit diesen Informationen kannst du den Weg aus der Gefahr navigieren und wirst nicht erneut Opfer deiner Gedanken. Je mehr du mit deinen Gedanken arbeitest, desto besser sind sie für dich. Das Ziel ist es, sich mit dem Geist anzufreunden und sich auf seine natürlichen Rhythmen einzustellen. Du wirst dir deines Denkprozesses bewusst und bist auf den friedlichen Zustand des inneren Selbst eingestellt. Um deine Gedanken zu beherrschen, sind Bewusstsein und Geduld erforderlich. Mit der Zeit wirst du Harmonie und einen unerschütterlichen Frieden finden, den kein äußerer Zustand verunsichern kann.

Die Relevanz des inneren Friedens

Innerer Frieden ist die Einstellung, in der man sich im Gleichgewicht befindet. Es ist der Punkt, an dem die eigenen Handlungen und Gedanken stabil sind und alles, was man tut, auf flüssige und ausgewogene Weise getan wird. Es ist der Punkt, an dem man in Harmonie mit sich selbst und daher in Harmonie mit dem gesamten Universum ist. Dies ist etwas, das wir alle anstreben sollten; denn sobald der innere Frieden erreicht ist, wird das Leben viel besser. Es ist nicht einfach, inneren Frieden zu finden. Es ist eines der schwierigsten Dinge im Leben und du solltest auf eine Herausforderung vorbereitet sein. Dies wird ein Prozess sein, sei also auf einen langsamen, aber stetigen Fortschritt vorbereitet. Innere Ruhe kann nur gefunden werden, wenn du entschlossen bist, dich zu verändern. Also sei offen und sei bereit für ein paar neue Erfahrungen.

Sag was du meinst

Hast du dir Ausreden ausgedacht, um nicht mit einer möglicherweise unangenehmen Situation fertig zu werden? Dein Freund bittet dich zum Beispiel, zu einem gesellschaftlichen Ereignis zu kommen. Du willst nicht wirklich gehen, aber hast wahrscheinlich eine Ausrede, wie „Ich schaffe es nicht" oder „Ich bin beschäftigt" vorbereitet, damit du etwas oder jemanden leise meiden kannst. Es ist nicht so, dass du etwas nicht tun kannst. Die Wahrheit ist, dass du dich entschieden hast, etwas nicht zu tun, aber der Akt des Erstellens einer Ausrede oder des Vermeidens löst in deinem Inneren Unzufriedenheit aus. Anstelle von Stille und Frieden hältst du jetzt an dieser kleinen „Lüge“ fest und denkst darüber nach. Die absolute Wahrheit muss nicht hart oder verletzend sein. Du kannst die Wahrheit mitfühlend und authentisch rüberbringen. Manchmal sagen wir auch Dinge, die wir nicht als Verpflichtung oder Gewohnheit bezeichnen oder deren Einhaltung wir nicht beabsichtigen. Zum Beispiel sagen wir unseren Eltern oder einer wichtigen anderen Person „Ich liebe dich“, wenn wir auflegen, nicht weil wir es so meinen, sondern aus Gewohnheit. Die Wörter kommen jetzt so automatisch, dass sie anfangen, ihre wahre Bedeutung zu verlieren. Wir denken, dass diese beiläufigen Kommentare harmlos sind, aber wir wissen tief im Inneren, dass sie nicht wahr sind. Sie werden zu kleinen Lügen, die wir verinnerlichen und im Laufe der Zeit entwickeln sie sich zu einem schlechten Gewissen, das uns von diesem Moment ablenkt. Gehe eine bewusste Verpflichtung ein, alles zu meinen, was du sagst, und keine leeren Versprechungen zu machen, die du nicht erfüllen kannst oder willst.

Hör auf, nach einem einfachen Ausweg zu suchen

Wir alle suchen nach einem einfachen Ausweg, wenn wir in Schwierigkeiten sind. Das ist die menschliche Natur - wenn du vermeiden kannst, etwas Komplexes zu tun, vermeidest du es. Dies bedeutet jedoch, keine Herausforderungen anzunehmen, was niemals zu Frieden führen kann. Wenn du alles aufgibst, was schwierig erscheint, kannst du nicht wirklich etwas erreichen. Gehe an deine Grenzen, um mehr zu erreichen. Diese Anstrengung wird dich sehr zufrieden stellen.

Konzentriere dich auf die guten Erinnerungen

Einer der größten Fehler, den wir machen, ist, uns auf die schlechten Erinnerungen zu konzentrieren, wenn wir uns schlecht fühlen. Wenn du einen Fehler erlebt hast, ist dies nicht der richtige Zeitpunkt, um an andere schwache Zeiten zu denken. Denk stattdessen daran, dass du stark bist, indem du dich auf die guten Erinnerungen konzentrierst.

Ablenkungen begrenzen

Technologie ist heutzutage eine der größten Ablenkungen. Und obwohl es in vielerlei Hinsicht nützlich sein kann, ist Technologie auch dein größter Feind. Ich sage nicht, dass du von Social Media isoliert werden oder das Internet ganz abschneiden solltest. Eine ablenkungsfreie Zeit kann jedoch für alle von Vorteil sein. Beginne, indem du die Ablenkungen Schritt für Schritt begrenzt. Verbringe mehrere Stunden ohne Ablenkung und verlängere diesen Zeitraum auf einige Tage.

Sobald du lernst, dies zu kontrollieren, wirst du feststellen, dass du tatsächlich die Zeit hast, zu meditieren und dich auf den inneren Frieden zu konzentrieren.

Ergreife Maßnahmen

Höre auf, Dinge zu überdenken, und mach dir Mut, deine Komfortzone zu verlassen. Wir alle zögern und überdenken manchmal, aber du musst etwas unternehmen, um stärker zu werden. Triff eine kluge Entscheidung, kalkuliere die Handlungen und mach es!

Schätze deine Werte

Lass dich von deinen Werten leiten, nicht von denen anderer. Wenn du nicht deinen Überzeugungen folgst, sondern dich die ganze Zeit auf das konzentrierst, was andere denken, wirst du dich nur frustriert fühlen.

Halte deinen Kopf hoch

Es ist unmöglich, immer optimistisch zu bleiben oder zumindest denken die meisten von uns dies. Und doch gibt es Menschen, die immer ein Lächeln im Gesicht tragen, als ob ihr Leben immer perfekt wäre. Lerne von diesen Leuten. Das Wesentliche daran, glücklich zu sein, ist selbstbewusst und optimistisch zu sein. Wenn du es weiter versuchst, wird Optimismus zu deiner Gewohnheit. Sich auf sein Selbstvertrauen und seinen inneren Frieden zu stützen, ist eine Arbeit, die wir jeden Tag in unserem Leben tun müssen. Bleib engagiert, um dies zu erreichen und du wirst deine holprige Reise namens Leben genießen.

Das Wichtigste in Kürze

- ✓ Ersetze deine negativen Gedanken durch realistischere Aussagen. Dadurch wirst du deinen Fokus auf das Positive legen, sodass du die Art von Leben schaffst, die du leben möchtest. Mit der Zeit wird so das realistische Denken zu deiner zweiten Natur.

- ✓ Die Änderung eigener Gedankenmuster und Perspektiven, führt uns zu innerer Ruhe. Dafür musst du zunächst erkennen, dass die meisten Gedanken Überzeugungen sind, die Macht über deinen Geist haben. Aus dieser Erkenntnis kannst du Kraft gewinnen, da du bewusst wahrnimmst, wie viele unwichtige Ereignisse deine Aufmerksamkeit bekommen.

- ✓ Innerer Frieden ist die Einstellung, in der man sich im Gleichgewicht befindet - die eigenen Handlungen und Gedanken sind stabil und alles, was man tut, auf flüssige und ausgewogene Weise getan wird. Man ist in Harmonie mit sich selbst und dem gesamten Universum.

Kapitel 9: Mit aktivem Handeln zur Veränderung

Wenn du die Kontrolle über dein geistiges und generelles Wohlbefinden haben möchtest, musst du handeln. Man vergisst leicht, Zeit für das eigene Wohlbefinden zu schaffen. In einer Zeit, in der wir ständig unter Stress sind, ist es wichtig, dass du die erforderlichen Schritte unternimmst, um sicherzustellen, dass du der psychischen Gesundheit Vorrang einräumst - es ist wichtig, gesunde Gewohnheiten zu bilden.

Die Entwicklung guter Gewohnheiten

Die Entwicklung guter Gewohnheiten kann dein Wohlbefinden erheblich steigern, denn sobald du diese Gewohnheiten in Bewegung gesetzt hast, kannst du dein Leben ohne zusätzliche Anstrengung ändern. Gute Gewohnheiten wirken sich auf deinen Serotonin- und Dopaminspiegel aus, was dein Wohlbefinden steigert, wie im Folgenden näher erläutert wird. Gewohnheiten entstehen durch Wiederholung. Einige Gewohnheiten erfordern weniger Wiederholungen als andere, da bei einigen Aktionen mehr Dopamin freigesetzt wird als bei anderen. Wenn du zum ersten Mal versuchst, eine neue Gewohnheit zu entwickeln, sind Anstrengungen erforderlich, die besonders schwierig sind, wenn du dich ein wenig niedergeschlagen fühlst. Aber es lohnt sich, die Sache durchzuziehen, denn je mehr du tust, desto mehr Dopamin wird freigesetzt und desto einfacher wird die Aktion. Es gibt viele natürliche, gesunde Gewohnheiten, die du täglich üben kannst, damit du dich besser fühlst und damit du deine inneren Blockaden löst. Um dir dabei zu helfen, eine solide Grundlage für dein geistiges Wohlbefinden zu schaffen, habe ich einige Selbstpflegegewohnheiten zusammengestellt, die du täglich praktizieren kannst.

Meditation und positive Bestätigungen

Im Laufe des letzten Jahrzehnts ist die Praxis der Meditation immer beliebter geworden. Früher galt Meditation nur etwas für Hippies zu sein, heute gilt sie zu Recht als einfache und praktische Möglichkeit, um unsere geistige Gesundheit in den Griff zu bekommen. Meditation ermutigt, sich von aufdringlichen Gedanken zu entfernen, die im Kopf herumspuken können. Indem du dich mit deinem Atem verbindest, zentrierst du deinen Körper und Geist und wirst von Stress und Angst befreit. Du musst nicht eine Stunde lang bei Kerzenlicht sitzen, um Meditation zu üben. Wenn du nur fünf Minuten am Tag an einem ruhigen Ort verbringst, hat sich das psychische Wohlbefinden bereits verbessert. Um mit der Meditation übereinzustimmen, gewöhne dich daran, positive Affirmationen zu verbalisieren. Etwas so Einfaches wie „Ich liebe und respektiere mich selbst" stärkt dein Selbstwertgefühl und hilft dir, dein Selbstvertrauen zu stärken.

Es ist auch wichtig zu erwähnen, dass die Achtsamkeitsmeditation besonders hilfreich bei inneren Blockaden ist. Achtsamkeit bringt Bewusstsein in unsere Gedanken. Es ist lediglich die Fähigkeit, unser Denken leidenschaftslos und neutral zu beobachten. Untersuchungen haben gezeigt, dass Achtsamkeitsmeditation zahlreiche Vorteile hat. Es hat sich gezeigt, dass Achtsamkeit die Selbsterkenntnis, die Moral, die Intuition und die Angstmodulation sowie andere gesundheitliche und gehirnfunktionelle Aspekte verbessert. Das Licht des Bewusstseins auf unseren mentalen Prozess zu richten, unterscheidet sich davon, in Gedanken und Geschichten gefangen zu sein, die wir erschaffen und auf die wir reagieren, als ob sie wahr wären. Es befreit uns von Selbsteinschätzung und Kontrollbedürfnissen. Achtsamkeit bringt uns auch in den gegenwärtigen Moment. Es erhöht unsere Fähigkeit, unsere Gedanken und Handlungen infrage zu stellen, herauszufordern, zu ersetzen oder zu stoppen. Auf diese Weise sind wir besser in der Lage, konstruktive Änderungen vorzunehmen und Fehler in der Vergangenheit nicht zu wiederholen. Achtsamkeit verändert auch, wie wir die Realität wahrnehmen, damit Ereignisse uns und unser Selbstverständnis nicht automatisch beeinflussen. Wir entwickeln die Fähigkeit, die Realität nicht evaluativ und weniger reaktiv zu erleben. Da unser Selbstwert weniger von der äußeren Realität abhängig ist, können wir uns auf unser Inneres konzentrieren, anstatt uns bei der Validierung auf andere zu verlassen. Es gibt Hinweise darauf, dass ein hohes Maß an Achtsamkeit mit einem höheren Maß an Selbstachtung und einem sichereren Selbstwert korreliert.

Während man die Achtsamkeitsmeditation macht, muss man sich auch selbst ermutigen. Wie du mit dir selbst sprichst, kann laut Untersuchungen einen enormen Einfluss auf das Selbstwertgefühl haben. Selbstgespräche können deine Denkweise, deine Stimmung, deine Beziehungen sowie deine Arbeitszufriedenheit und Leistung verbessern oder ruinieren. Selbstkritik ist das größte Hindernis für ein gutes Selbstwertgefühl. Achtsamkeit hilft, aber auch das Aufschreiben des negativen Selbstgesprächs. Ersetze das Negative durch positive, selbstbejahende Aussagen. Im Folgenden findest du einige Selbstbestätigungen zum Stressabbau:

Zur Verbesserung der Ruhe und Selbstkontrolle

- Ich bin ruhig und zuversichtlich.
- Ich habe die volle Kontrolle über meinen Körper, Geist und meine Emotionen.
- Mein Körper funktioniert in Gesundheit und Harmonie.
- Alles ist so wie es sein sollte. Manchmal sehe ich nicht das ganze Bild. Trotzdem weiß ich, dass alles gut wird.
- Ich fühle mich entspannt, konzentriert und habe die volle Kontrolle über meinen Körper, mein Gehirn und meinen Geist.
- Ich lasse alle Negativität und Spannung los. Ich fühle mich ruhig und selbstsicher.
- Ich erlaube mir, voll präsent zu sein, mich entspannt zu fühlen und den Moment wirklich zu genießen.
- Ich fühle, wie Entspannung von meinem Kopf bis zu den Zehen fließt.
- Jede Zelle in meinem Körper entspannt sich und funktioniert in perfekter Harmonie.

- Ich lasse jetzt Spannungen von jedem Teil meines Geistes und Körpers los.
- Ich fühle, wie Trost und Entspannung durch mich fließen und mich mit jedem Atemzug ausdehnen.
- Frieden und Harmonie fließen durch meinen Körper. Es fühlt sich so gut an, am Leben und gesund zu sein.
- Mit jedem Atemzug entspanne ich mich noch mehr.
- Es ist ein wunderbares Gefühl, so tief entspannt und ruhig zu sein.

Mit dem Atem Stress loslassen

Diese Bestätigungen für Stress funktionieren am besten, wenn der Atem und die Vorstellungskraft eingesetzt werden, um sich selbst ruhig und unter Kontrolle zu sehen.

- Ich atme Anspannung und Stress aus. Ich atme Entspannung und positive Energie ein.
- Mit jedem Atemzug werde ich entspannter und konzentrierter.
- Wenn ich ausatme, lasse ich Negativität und Angst frei. Ich atme Selbstachtung und Selbstvertrauen ein.
- Mit jedem Atemzug lasse ich Verspannungen los und fühle mich wohler und entspannter.
- Ich atme das Urteil über mich und andere aus. Ich atme Selbstakzeptanz und Liebe ein.
- Ich lasse das Verlangen nach Kontrolle los und atme Liebe und Akzeptanz ein.
- Mit jedem Atemzug fühle ich mich wohler.

- Mit jedem Atemzug verschwindet Stress aus meinem Körper wie Nebel im Sonnenlicht.

Wie bei allen Affirmationen und positiven Selbstgesprächen empfehle ich dir, ein tägliches Ritual der Tiefenentspannung durchzuführen.

Aufschreiben

Im Gegensatz zum Führen eines täglichen Tagebuchs über deine Aktivitäten hast du beim Aufschreiben die Möglichkeit, deine Gedanken und Gefühle in den Mittelpunkt zu rücken. Ständiges Wiederkäuen kann so anstrengend sein, dass wir ängstlich und depressiv werden. Indem du die Gedanken und Gefühle auf Papier bringst, nimmst du sie aus deinem Kopf und gibst ihnen eine Bestätigung. Aufschreiben hilft, uns Klarheit über Ereignisse im Leben zu verschaffen. Es ist eine Möglichkeit, Dinge aufzuschlüsseln, zu verstehen und Akzeptanz zu erlangen. Unabhängig davon, ob du eine Trennung durchläufst, eine ständig wachsende Arbeitsbelastung hast oder dich mit vergangenen Traumata befasst, kannst du mit dem Aufschreiben die psychologischen Auswirkungen, die es auf dich hat, selbst bestimmen.

Es kann auch hilfreich sein, eine Dankbarkeitsliste zu machen. Das Kultivieren der „Haltung der Dankbarkeit" hat zahlreiche gesundheitliche und psychologische Vorteile. So zeigen Studien, dass es die Schlafqualität, Vitalität und Energie, die physische und psychische Gesundheit, das Einfühlungsvermögen, das Selbstwertgefühl, die Produktivität, die Entscheidungsfähigkeit und die Belastbarkeit erhöht. Es kann schwierig sein, dankbar zu sein, wenn du dich nicht so fühlst, insbesondere wenn du an Depressionen, Angstzuständen, Traumata oder körperlichen Schmerzen leidest. Ein einfacher Einstieg besteht darin, ein tägliches Tagebuch zu führen und drei bis zehn Dinge zu schreiben, für die du dankbar bist. Dabei beginnt dein Verstand jeden Tag nach Dingen zu suchen, die man zu der Liste hinzufügen kann. Auf diese Weise beginnt sich die Lebenseinstellung zu ändern. Wenn du dies mit einem Freund oder Partner tust und die Liste vorliest, hat das noch mehr Vorteile für dich.

Visualisierung

Die kreative Visualisierung ist kurz gesagt der Prozess der Verwendung von mentalen Bildern und anderen inneren Sinnen, um das zu schaffen, was du in deinem Leben willst. Wenn es darum geht zu lernen, wie man mit Stress umgeht, ist das Ziel der Übung einfach, sich friedlicher, entspannter und kontrollierter zu fühlen. Wenn du zu diesem Zweck bewusst deine Gedankenkraft einsetzt, wirst du überrascht sein, wie einfach es ist, dein Ziel zu erreichen. Visualisierung nutzt dein Gedächtnis und deine Vorstellungskraft, um die persönliche Energie und den Fokus zu verlagern und dir zu helfen, mehr von dem zu bekommen, was du willst. Denk an eine glückliche, friedliche Zeit in deinem Leben. Erlaube deinem Gedächtnis, dich zurück zu dieser Zeit und zu diesem Ort zu bringen und genieße es einfach. Beachte, wie viel besser du dich fühlst. Dies ist wahrscheinlich die einfachste Technik, um zu lernen, wie man Stress beherrscht, weil es dir hilft, den Geist zu entspannen. Die meisten Techniken zur Stresskontrolle konzentrieren sich auf die körperliche Entspannung, aber wenn dein Geist nicht ruhig und friedlich ist, ist der Effekt gering. Egal welche Entspannungstechnik du verwendest, stelle sicher, dass du Visualisierung einsetzt, um den Geist zu entspannen.

- Nimm eine bequeme Position ein.
- Schließe die Augen, atme ein paar Mal tief durch und erinnere dich an eine Zeit, in der du dich in einer entspannten, ruhigen Umgebung befandest. Erkenne anschließend die Schönheit des Augenblicks.
- Bring die Szene mit geschlossenen Augen so lebendig wie möglich zurück. Stelle dir die Geräusche und die Empfindungen vor - vielleicht eine sanfte Brise oder die warme Berührung der Sonne. Stelle dir alle Sinne vor, die in den friedlichen Luxus des Augenblicks eintauchen und in Ruhe und Harmonie baden.

Wenn du spürst, dass der Geist und der Körper in Entspannung versinken, versuche, dieses Gefühl zu erweitern und es doppelt so tief und doppelt so angenehm zu machen. Wenn du dich entspannt fühlst, denke an den Rest deines Tages, der sich in Frieden und Harmonie entfaltet. Öffne deine Augen langsam und merke, wie wunderbar du dich fühlst. Nur fünf Minuten am Tag mit dieser Übung können wie ein Wunder wirken und den Stress reduzieren.

Gestalte und lebe deinen perfekten Tag

Setz dich für fünf bis zehn Minuten hin und überlege, wie dein perfekter Tag aussehen würde. Betrachte die einfachen Dinge, wie das Kochen des Lieblingsessens, ein Gespräch mit einem geliebten Menschen oder ein Bad in deinem örtlichen Pool. Entwerfe einen Tag, der sowohl erreichbar als auch voller Aktivitäten ist, die sich positiv auf dein Denken und Fühlen auswirken. Das Leben ist extrem herausfordernd und wir können Wochen, Monate, sogar Jahre durchmachen, ohne dass ein Tag der Negativität entfernt wird. Das liegt nicht immer daran, dass wir nicht dazu in der Lage sind, sondern daran, dass wir uns nicht bewusst die Zeit nehmen, einen Tag nur mit den Dingen zu verbringen, die wir lieben. Schaffe Platz für dich und nur für dich. Halte dir dabei stets vor Augen, wie wichtig du bist.

Fordere dich heraus

Es ist gut, sich daran zu erinnern, dass Stress nicht immer eine schlechte Sache ist. Wenn du dich in eine herausfordernde Situation begibst, ist Stress da, um dich vor möglichen Schäden zu schützen. Dies bedeutet jedoch nicht immer, dass wir nicht die Stressbarriere überwinden und die Aktivität durchstehen sollten. Je mehr du dich in herausfordernden Szenarien befindest, desto widerstandsfähiger wirst du im Umgang mit deinem Stresslevel. Wenn du in der Öffentlichkeit sprichst, dich mit einem Fremden unterhältst oder eine Aufgabe erledigst, die du gerade verschoben hast, kannst du dein Selbstwertgefühl stärken. Mach es dir bequem, wenn du dich unwohl fühlst - dein seelisches Wohlbefinden wird davon profitieren.

Gesunde Ernährung und Bewegung

Gut essen und trainieren sollte nicht in Phasen erfolgen - es sollte ein fester Bestandteil des Lebensstils sein. Wenn du nur 30 Minuten am Tag trainierst, verbesserst du dein Selbstgefühl. Sport hilft unserem Gehirn dabei, Dopamin - die Wohlfühlchemikalie - freizusetzen. Wenn du dies mit einer gesunden, ausgewogenen Ernährung kombinierst, wirst du dich wahrscheinlich den ganzen Tag über ausgezeichnet fühlen.

Das Wichtigste in Kürze

- ✓ Die Entwicklung guter Gewohnheiten steigert dein Wohlbefinden erheblich, da du so dein Leben ohne zusätzliche Anstrengung ändern kannst.
- ✓ Das etablieren neuer Gewohnheiten wird dabei zunächst anstrengend sein, allerdings wird es sich am Ende lohnen und dir dabei helfen, deine Blockaden zu lösen.
- ✓ Die besten Gewohnheiten sind dabei: Meditation und positive Bestätigung, das Aufschreiben der Empfindungen und Gedanken, Visualisierung, die Gestaltung eines perfekten Tages, sich täglich Herausforderungen stellen und eine gesunde Ernährung und ausreichend Bewegung.

Kapitel 10: Langfristige Erfolge feiern

Wenn man sich mit der Lösung eines Problems befasst, stößt man auf verschiedenste Ideen und Lösungsvorschläge. Einige beginnt man auch zeitnah umzusetzen, andere kommen irgendwann zum Zug und wieder andere werden niemals Anwendung im eigenen Leben finden. Allerdings kommt es nicht selten vor, dass die Anregungen schnell wieder vergessen sind. Deswegen findest du in diesem Kapitel Tipps und Tricks, die dir dabei helfen am Ball zu bleiben.

Loslassen & Vergeben

Wir alle wissen, wie es sich anfühlt, wenn uns jemand Unrecht tut. Wir alle haben den Schmerz des Verrats und den Schmerz der Misshandlung gespürt. Vielleicht hat dein Ehepartner dich betrogen, deine Eltern dich vernachlässigt oder dein Freund dich angelogen. Vielleicht hat dich jemand verleugnet oder deine Kollegen haben sich über dich lustig gemacht. Und die Liste geht weiter.

Unsere Reaktionen auf Unrecht sind unterschiedlich. Einige verlassen sich auf ihre Entschlossenheit, einige sind neutral - vielleicht taub, anderen fällt es schwer zu vergeben und zu vergessen oder zumindest weiterzumachen. Die Emotionen, die durch Misshandlungen entstehen, können in der Psyche verwurzelt sein. Der Grund für die dauerhaften Auswirkungen von Misshandlungen ist folgender: Unser Gehirn ist so verdrahtet, dass es ein Gedächtnis im Verhältnis zur emotionalen Erregung der Situation schafft. Deshalb kann es so schwierig sein, den Zorn loszulassen. Wenn du negative Emotionen wie Wut, Schmerz oder Trauer empfindest, ist es für deine psychische Gesundheit von entscheidender Bedeutung, diese zu lösen. Während du also möglicherweise nicht in der Lage bist, einfach zu „vergeben und zu vergessen“, musst du herausfinden, wie du auf eine Weise vergeben kannst, die dir hilft, weiterzumachen. Dies erfordert Zeit, Mühe und emotionales Kapital. Auf lange Sicht geht es dir aber mental viel besser. Der Akt der Vergebung kann nur das stärkste Gegenmittel für die Schmerzen sein, die von anderen verursacht werden. Vergebung bedeutet, den Zorn loszulassen und sich dafür zu entscheiden, den Wunsch, jemanden oder sich selbst für eine Straftat zu bestrafen, mitleidig loszulassen. Ja, Vergebung ist eine Wahl. Ja, du kannst dir selbst vergeben. Aber hier ist die Sache: Auch wenn wir diese Aussagen an der Oberfläche akzeptieren, haben wir oft Schwierigkeiten, den Akt der Vergebung durchzusetzen - sei es, dass wir uns selbst oder jemand anderem vergeben. Doch warum? Die Ursache liegt darin, dass wir Dinge rationalisieren. Schließlich sind wir nicht für ihre Handlungen verantwortlich. Vielleicht nicht, aber du bist für deine verantwortlich. Du bist für dein Handeln verantwortlich - ebenso wie für deine Emotionen und Gedanken.

- Du bist dafür verantwortlich, den zugefügten Schaden zu mindern.
- Du bist letztendlich für die Vergebung verantwortlich.
- Noch wichtiger ist jedoch, dass du für dein Glück und deinen Seelenfrieden verantwortlich bist.

Wie können wir vergeben und weitermachen?

Du musst wissen, dass Vergebung möglich ist

Bevor wir lernen können, zu vergeben, müssen wir zuerst glauben, dass Vergebung möglich ist. Wir müssen zumindest die Vorstellung akzeptieren, dass Vergebung eine praktikable Lösung des Problems ist. Dementsprechend musst du an dieser Stelle deinen Glaubenssatz in Bezug auf Vergebung ändern.

Du musst die Wahl treffen, zu vergeben

Die Menschen sollten nicht gezwungen werden zu vergeben. Es ist wichtig, dass die Menschen davon angezogen werden. Wie bereits erwähnt, bedeutet das Erlernen des Vergebens nicht, jemandes früheres Verhalten zu vergessen. Wenn wir dies verstehen und den positiven Einfluss von Vergebung auf die Emotionen verstehen, können wir

Vergebung im richtigen Licht betrachten. Entscheide dich somit aktiv dafür, jemandem zu vergeben.

Mache eine Liste

Erstelle eine Liste aller Personen, die dich in irgendeiner Weise verletzt haben. Nachdem die Liste erstellt wurde, kannst du Prioritäten setzen, indem du die Namen so ordnest, dass sie mit der Person beginnen, die dich am meisten verletzt hat. Beginne, indem du den Personen am Ende der Liste zuerst vergibst. Nimm dir die Zeit, um die Emotionen zu verarbeiten. Du wirst wissen, wann es Zeit ist, mit dem nächsten Schritt fortzufahren. Bei dem Vergeben kannst du wie folgt vorgehen:

Den Zorn aufdecken

Was fühlst du, wenn du an diese Person denkst? Wie geht es dir in Bezug auf deine Gefühle? Wie hast du sie bisher geleugnet? Empfindest du mehr als du dachtest? Was sind die physischen Konsequenzen deiner Gefühle? Sobald du diese Fragen für dich klären konntest, frage dich: „Willst du dich heilen?"

Lasse dich auf die Vergebung ein

Beantwortest du die Frage mit ja, bist du jetzt bereit, dich auf die Vergebung einzulassen. Hast du die erste Phase abgeschlossen und gesehen, wie unglücklich dich die Auswirkungen deiner Gefühle gemacht haben, bist du bereit der Vergebung eine Chance zu geben.

Betrachte die andere Person

Als Nächstes machst du dir Gedanken, über die Beweggründe der anderen Person. Dabei wechselst du die Perspektive und betrachtest die Situation durch die Augen dieser Person. Dabei kannst du dich auch fragen, ob sie in irgendeiner Weise verletzt wurde und ob ihr Schaden möglicherweise zu deinem beigetragen hat. Außerdem solltest du dir verdeutlichen, dass ihr geboren wurdet, ihr sterben werdet, ihr blutet, wenn ihr geschnitten werdet, ihr eine einzigartige DNA habt und wenn ihr sterbt, wird es nie eine andere Person wie euch jeweils geben. So zeigst du dir auf, dass die andere Person genauso einzigartig und unersetzbar ist wie du.

Das Herz weich machen

Das Wissen oder Nichtwissen der anderen Person hat dein Herz ein wenig verhärtet. Wenn du die Art der Vergebung praktizierst, solltest du schließlich anfangen, die gesunde Befreiung und das Loslassen von deinen Gefühlen zu spüren. Dadurch lässt du die Verhärtung deines Herzens los.

Den Schmerz akzeptieren

Zu diesem Zeitpunkt ist es normal, starke Emotionen zu spüren. Es handelt sich um eine Dosis Schmerz, aber dieser Schmerz erlaubt uns letztendlich, weiter zu machen. Schmerz stärkt das Selbstwertgefühl und nachdem du ihn akzeptiert hast, wirst du stärker sein.

Reflektieren

Es gibt sicherlich eine Bedenkzeit, wenn der Schmerz vergeht. Du erkennst, dass du stärker und glücklicher bist. Letztendlich befreit uns der Akt der Vergebung von vergangenen Verletzungen und schlechten Erinnerungen. Nicht zu vergeben bedeutet alternativ, sich der Kontrolle anderer zu ergeben und zuzulassen, dass die Gegenwart von der Vergangenheit verzehrt wird. Wenn wir uns entscheiden, nicht zu vergeben, setzen wir uns der Möglichkeit aus, Ärger und Verbitterung in zukünftige Situationen und Beziehungen zu tragen und uns den Frieden, die Gesundheit und das Glück zu nehmen, die wir verdienen.

Selbstvertrauen aufbauen

Damit man innere Blockaden und Ängste überwinden kann, muss man sicher sein, dass die Grundvoraussetzungen stimmen. Auf wen ist am meisten Verlass? Auf dich selbst natürlich! Denn niemand kann uns Selbstvertrauen geben – wir müssen es selbst aufbauen. Viele Menschen kämpfen täglich mit Hindernissen und Blockaden. Sie sind beängstigend und Elemente in unserem Leben, denen wir ungern gegenüberstehen - und dennoch sind viele dieser Hindernisse unvermeidlich. Früher oder später werden sie in deinem Leben auftauchen - und wenn du nicht bereit und in der Lage bist, mit ihnen umzugehen, kommst du schnell an die Grenzen deiner Komfortzone. Das Erkennen der Hindernisse, mit denen du wahrscheinlich konfrontiert bist, kann überwältigend sein und möglicherweise das Gefühl des Vertrauens schwächen. Wir können jedoch sehr leicht die Perspektive wechseln und Hindernisse auf andere Weise betrachten. Wenn du dir beispielsweise die Zeit nimmst, um die potenziellen Hindernisse zu verstehen, mit denen du eventuell konfrontiert bist, kannst du dein Selbstvertrauen stärken, solange du einen Plan entwickelst, wie du diese überwinden kannst. Wenn du einen Plan hast, um diese Hindernisse erfolgreich zu überwinden, kannst du ein tieferes Gefühl des Selbstvertrauens entwickeln. Dies ist keineswegs „Selbstvertrauen“, da es immer noch viel Zögern und Zweifel gibt, aber du machst Fortschritte in die richtige Richtung.

Es ist Zeit für einen Perspektivwechsel. Zunächst ist es wichtig, vor allem anzuerkennen, dass Selbstvertrauen eine Geisteshaltung ist. Es ist nicht etwas, das du tust, sondern etwas, das du bist. Es ist eine Denkweise, die du in jede Situation einbringst und das ist es, was den Unterschied ausmacht. Wenn du Selbstvertrauen hast, siehst du natürlich Versagen, Ablehnung, Kritik, Verlegenheit, unangenehme Veränderung oder einen Fehler in einem ganz anderen Licht als die Person, die nicht das gleiche Maß an Selbstvertrauen hat. Und dieser Unterschied in deiner Denkweise macht den Unterschied in deinem Umgang mit der Situation aus. Für die meisten Menschen sind solche Umstände schwer zu ertragen. Es ist nicht einfach, sich auf sich selbst verlassen, wenn man Misserfolg, Kritik und Ablehnung gegenübersteht. Allein der Gedanke an diese Umstände lässt die Menschen sofort zusammenzucken und ihr Selbstvertrauen schnell sinken. Man fühlt sich nur dann sicher, wenn die Umstände günstig sind. In dem Moment, in dem sich die Winde ändern und man Widrigkeiten ausgesetzt ist, gerät man jedoch in Panik und infolgedessen sinkt das Selbstvertrauen.

Der eine große Schlüssel zur Entwicklung des Selbstbewusstseins besteht darin, allmählich zu verändern, wie du diese Umstände siehst und wahrnimmst. Du kannst wählen, ob du die Dinge auf die eine oder andere Weise sehen möchtest. Ein Weg ist günstiger als der andere, die Wahl liegt jedoch immer bei dir.

Die Perspektive für das **Scheitern**

Menschen mit einem hohen Maß an Selbstvertrauen betrachten das Scheitern als einen unvermeidlichen Teil ihres Lebens. Sie verstehen, dass je mehr Risiken sie eingehen, desto wahrscheinlicher das Scheitern ist. Gleichzeitig sind aber mehr Risiken gleichbedeutend mit einer höheren Erfolgswahrscheinlichkeit. Sie erkennen, dass Misserfolg nur ein Teil des Erfolgs ist. In der Tat sehen sie das Scheitern als Sprungbrett zum Erfolg an, denn jeder gescheiterte Versuch gibt Rückmeldung. Sie nutzen dieses Feedback, um in Zukunft bessere Entscheidungen zu treffen - und deshalb lässt ihr Selbstbewusstsein nie nach.

Die Perspektive für **Fehler**

Menschen mit einem hohen Maß an Selbstvertrauen sehen in jedem Fehler eine Gelegenheit, zu lernen und zu wachsen. Sie erfahren, was funktioniert hat und was nicht, was erwartungsgemäß ablief und was nicht und welche Optimierungen vorgenommen werden können, um zukünftige Versuche zu verbessern. Sie nutzen dieses Wissen und diese Informationen, um es beim nächsten Mal besser zu machen. Tatsächlich sehen sie, dass sie umso mehr Weisheit aus Erfahrung darüber gewinnen, was einfach nicht funktioniert, je mehr Fehler sie machen. Und je mehr sie wissen, was nicht funktioniert, desto mehr können sie machen von dem, was funktioniert.

▸ Die Perspektive für **Ablehnung**

Menschen mit einem hohen Maß an Selbstvertrauen nehmen Ablehnung nie persönlich. Sie verstehen, dass Ablehnung oft aus einem Missverständnis resultieren kann. Sie erkennen jedoch auch an, dass andere Menschen einfach unterschiedliche Überzeugungen, Werte und Meinungen haben und werden sie oder ihre Meinungen daher niemals positiv beurteilen. So ist das Leben eben. Menschen sind anders und das macht uns einzigartig. Sie akzeptieren, dass dies eine Tatsache ist und gehen einfach zu der nächsten Person über, die ähnliche Werte, Überzeugungen und Meinungen haben könnte.

▸ Die Perspektive für **Kritik**

Menschen mit hohem Selbstbewusstsein verstehen den Wert von Kritik. Sie akzeptieren, dass jede Kritik ihnen wertvolles Feedback gibt, mit dem sie sich, ihre Ideen oder ihren Ansatz verbessern können. Auch wenn Kritik nicht als konstruktiv empfunden wird, nehmen sie sie dennoch an und versuchen, positive Veränderungen in ihrem Leben herbeizuführen. Sie erkennen auch, dass die Kritik einiger Menschen nichts mit ihnen, sondern nur mit der anderen Person zu tun hat. Die andere Person ist vielleicht nur wütend oder frustriert, weil sie einen schlechten Tag hatte oder aus irgendeinem Grund neidisch auf sie ist. Selbstbewusste Menschen verstehen das - und deshalb schwankt ihr Selbstbewusstsein nicht.

▸ Die Perspektive für den **Umgang mit Angst**

Menschen mit einem hohen Maß an Selbstvertrauen verstehen, dass Angst hauptsächlich aufgrund von Unsicherheit besteht. Alles, was sie zuvor noch nicht getan haben, wird immer ein wenig Unsicherheit mit sich bringen - und mit der Unsicherheit kommt Angst. Sie sind jedoch nicht von Angst geplagt, weil sie erkennen, dass Angstgefühle bedeuten, dass sie gezielter und geduldiger sein müssen. Sie müssen sich Zeit zum Üben nehmen und die nötige Erfahrung sammeln, um aus dem, was einst ungewiss war, etwas Bestimmtes zu machen. Und das geht natürlich mit der Erfahrung einher, neue Fähigkeiten, Kenntnisse, Unterstützung oder die Werkzeuge zu erwerben, die erforderlich sind, um diese unsichere Situation erfolgreich zu meistern. Sie stellen ihre Angst frontal infrage und beobachten, wie sie mit der Zeit zerfällt.

Die Perspektive für den Umgang mit **Verlegenheit**

Menschen, die ein hohes Maß an Selbstvertrauen haben, werden nicht in Verlegenheit gebracht. Sie verstehen, dass die Angst vor Verlegenheit nur eine Erweiterung der Angst vor dem Scheitern und der Angst vor Fehlern ist. Und diese beiden Ängste sind nur Ausmaße der Angst vor Kritik und der Angst vor Ablehnung. Das Ergebnis ist natürlich eine Verlegenheit und der Wunsch, nichts zu tun, weil eine dieser Ängste im eigenen Leben vorherrscht. Sie verstehen deutlich, dass das Gefühl der Verlegenheit im Auge des Betrachters liegt. Sie überwinden diese Angst, indem sie absolut für alles einstehen, was sie tun, egal wie schlecht sie es zuerst tun.

Die Perspektive für den Umgang mit **unangenehmen Veränderungen**

Menschen mit einem hohen Maß an Selbstvertrauen sehen unerwartete Veränderungen als einen natürlichen Teil ihres Lebens an. So wie sich die Jahreszeiten jedes Jahr ändern, verstehen sie, dass das Leben ein Leben lang Ebbe und Flut beinhaltet. Sie akzeptieren diese Änderungen und passen sie entsprechend an. Tatsächlich schwelgen sie oft in diesen Veränderungen, weil sie klar verstehen, dass eine unerwünschte Veränderung oft unerwartete Vorteile und neue Möglichkeiten mit sich bringen kann, die sie nie realisiert haben.

Innere Ressourcen aktivieren

Um dein volles Potenzial und innere Ressourcen zu entdecken, musst du zuerst dein „altes Ich“ loslassen und Wege finden, um eine bessere Version von dir selbst zu werden. Wir entwickeln bestimmte Vorstellungen davon, wer wir sind und halten an ihnen fest, auch wenn sie nicht zu uns passen. Manchmal fühlen sich unsere Gewohnheiten und sogar bestimmte Verhaltensweisen so real an, dass wir uns nicht vorstellen können ohne sie zu leben. Was machst du dann? Wie lässt du etwas los, das sich für dich dauerhaft anfühlt? Was du tun musst, ist, über die Vorstellung, dass es dauerhaft ist, hinwegzusehen - denn nichts ist dauerhaft und du kannst dich so schnell und so oft ändern, wie du es wünschst. Es ist die Art und Weise, wie wir uns selbst betrachten, die das Gefühl von Dauer in uns hält, denn Gewohnheiten und Seinsarten sind eine bewusste Wahl. Du hast dir angewöhnt, auf ein persönliches Bedürfnis in deiner Vergangenheit zu reagieren. Die Angewohnheit entwickelte sich dann zu etwas anderem und du wurdest mit einem Verhalten als Ergebnis belassen. Das Verhalten ähnelt möglicherweise nicht der ursprünglichen Antwort, ist jedoch zu einem Teil von dir geworden. Obwohl diese Verhaltensweisen unnötig sind, können sie sich dauerhaft anfühlen, weil sie so tief in deine Art zu sein verwurzelt sind. Dies kann uns verwirren, weil wir irgendwo in uns spüren können, dass wir es nicht wirklich sind.

Wenn du also eine Angewohnheit oder ein Gefühl in dir hast, das sich unpassend anfühlt oder nicht wie dein wahres Selbst, gibt es einen Weg, es loszulassen. Indem du erkennst, dass du diese Angewohnheit nicht hast und dass dies nicht notwendig ist, versuchst du es loszulassen. Indem du weiter in dein Bewusstsein zurückgehst, kannst du seinen Anfang finden. Wenn du den Weg findest, zu dem es sich entwickelt hat, kannst du verstehen, warum es da ist. Man muss sich auch nicht mehr mit diesem Verhalten identifizieren, weil es dadurch eingeschlossen bleibt. Was sich in uns befindet, das sich nicht richtig anfühlt, weiß, dass es mit irgendwo in unserer Vergangenheit verbunden ist und daher nur dorthin gehört. Zu erkennen, dass nichts dauerhaft ist oder in uns steckt, hilft, es loszulassen. Zu erkennen, dass man jedes Problem loslassen kann, ist wie zu verstehen, dass alles in unserer Vergangenheit nicht mehr existiert. Entdecke, was an dir nicht real ist, finde die Quelle der Angewohnheit, es zu verstehen und stelle fest, dass es nicht dein wahres Selbst ist, sodass du es loslassen kannst. Alles, was sich in dir unnatürlich anfühlt, sollte weggehen, damit du Platz für dein neues, besseres Selbst schaffen kannst. Es wird nicht einfach sein, dein neues Selbst zu schaffen. Tatsächlich wird es viel Geduld, Zeit und Mühe kosten. Während dieser Reise wirst du wahrscheinlich alte Gewohnheiten, begrenzte Überzeugungen und wenig hilfreiche Gedanken loslassen müssen. Du musst im Wesentlichen den Wert deines Lebens infrage stellen, einschließlich der Entscheidungen, die du getroffen hast.

Wenn die Entscheidungen, die du triffst, deine Komfortzone nicht ausdehnen und dich nicht zu deinen Zielen drängen, ist eine Veränderung etwas, das du brauchst. Du wirst nicht länger deiner rosaroten Sicht der Realität ausgeliefert sein. Stattdessen hast du die Kontrolle übernommen - und mit der Kontrolle geht Vertrauen einher. Mit dieser Zuversicht kommt persönliche Kraft - die Kraft, dein Leben mit Absicht zu verändern. Wenn unsere emotionalen Erfahrungen von gesunder und positiver Natur sind, verbessert dies die Qualität unserer Gedanken - und wenn sich unsere Gedanken verbessern, verbessern sich auch unsere Entscheidungen und Handlungen. Wenn du bessere Entscheidungen triffst, hast du bessere Ergebnisse. Und mit verbesserten Ergebnissen fühlst du dich unermesslich besser. Und wenn du dich besser fühlst, wird dein neues Ich stärker.

Einen persönlichen Vertrag machen

Du musst unbedingt einen persönlichen Vertrag abschließen. Schreibe einen Vertrag, der dir grünes Licht gibt, um den Veränderungsprozess einzuleiten. Erkenne an, dass:

- Dinge sich ändern müssen.
- Du für die Änderung verantwortlich bist.
- Du entschlossen bist, diese Änderung vorzunehmen.

- ➡ Der **erste Schritt** besteht darin, anzuerkennen, dass Änderungen vorgenommen werden müssen. Wenn du nicht zugeben kannst, dass etwas nicht stimmt, ist es sinnlos, diesen Prozess fortzusetzen.

- ➡ **Zweitens** musst du die Verantwortung für diese Änderungen übernehmen. Niemand ist für dein Leben verantwortlich außer dir selbst. Ohne dich geht das nicht.

- ➡ **Drittens** musst du verpflichtet sein, die notwendigen Änderungen vorzunehmen, um dein Leben zu verbessern.

Finde heraus, wer du bist und überbrücke die Lücke!

Nun, an der Oberfläche mag dies irgendwie albern erscheinen. Du weißt schon wer du bist, oder? Du bist du! Du bist ein physisches Wesen, das ein Leben führt, das einzigartig ist. Unter der Oberfläche bist du jedoch in Wirklichkeit so viel mehr als das. Also, die Frage ist: Weißt du ehrlich, wer du wirklich bist? Was du hier versuchen und tun wirst, ist die Kluft zwischen „wer du bist" und „wer du sein möchtest“ zu identifizieren. Du musst das Du im Jetzt mit dem Du in der Zukunft zusammenführen. Du musst folgende Fragen beantworten:

Du im Jetzt	**Du in der Zukunft**
Wer bin ich wirklich?	Wer möchte ich gerne sein?
Wer bin ich nicht?	Wie sehe ich mich in der Zukunft?
Wer bin ich körperlich?	Welche Eigenschaften hat mein Zukunfts-Ich
Wer bin ich sozial?	Wie denkt mein Zukunfts-Ich?
Wer bin ich emotional?	Wie spricht mein Zukunfts-Ich mit sich selbst?
Wer bin ich geistlich?	Welche Art von Emotionen erlebt mein Zukunfts-Ich?

Wer bin ich in Bezug auf meine Leistungen?	Welche Gewohnheiten hat mein Zukunfts-Ich?
Wer bin ich in Bezug auf meine Fehler und Irrtümer?	Welche Erfahrungen macht mein Zukunfts-Ich jeden Tag?
Wer bin ich in Bezug auf meine Fehler?	Auf welche Ziele arbeitet mein Zukunfts-Ich hin?
Wer bin ich in Bezug auf meine sozialen Rollen?	Was für ein Mensch ist mein Zukunfts-Ich wirklich?

Wenn es einen signifikanten Unterschied zwischen den beiden Seiten gibt, musst du daran arbeiten, diese Lücke zu schließen und so dein Selbstverständnis zu stärken. Stelle dir nun die folgenden Fragen, um deine Lücken genauer zu betrachten:

- Was ist die Kluft zwischen meinem wahrgenommenen Selbst und meinem idealen Selbst?
- Wo ist die Lücke am größten?
- Wo ist die Lücke nicht so groß?
- Ist der Abstand realistisch?
- Wie könnte ich anfangen, diese Lücke ab heute zu schließen?

Das Ziel für den Rest dieser Reise ist es, diese Kluft zwischen dem idealen Selbst und dem Selbst, das du in diesem Moment erlebst, zu überbrücken.

Verwandle deine innere Welt

Dein erstes Ziel ist es, nach innen zu schauen und dir der täglichen Gedanken, Selbstgespräche, Glaubenssysteme, psychologischen Regeln und der Fragen, die du stellst, bewusst zu werden. Frag dich selbst:

- Stimmen meine Gedanken mit meinem Selbstbild überein?
- Auf welche Gedanken kann ich mich besinnen?
- Was machen diese Gedanken mit mir?
- Wie fühle ich mich durch diese Gedanken?
- Was ist mit meinem Selbstgespräch?
- Welche Fragen stelle ich mir?
- Was sind die Konsequenzen meines Selbstgesprächs und der Fragen, die ich mir stelle?
- Glaube ich an mich selbst?
- Wie kann ich die notwendigen Anpassungen vornehmen, um mein Selbstbild mit meinem Selbstideal abzustimmen?

Das Ziel ist es, in diesen Bereichen Kongruenz zu erreichen. Denke daran, dass dein Denken viel mit deinen Wahrnehmungen und deiner Interpretationen der Realität zu tun hat. Wenn du beispielsweise Dinge auf eine Weise interpretierst, hast du Zugriff auf bestimmte Ressourcen und Möglichkeiten. Wenn du die Dinge jedoch auf eine andere Weise interpretierst, hast du Zugriff auf eine Reihe anderer Ressourcen und Möglichkeiten. Ironischerweise kann es sogar sein, dass dir der Zugriff verweigert wird. Wenn also Probleme auftreten, ist es nicht das, was mit dir passiert, sondern die Art und Weise, wie du es interpretierst, was den Unterschied ausmacht.

Trete aus deiner Komfortzone

Es ist leicht, in eine Routine zu geraten. Wir fühlen uns wohl. Dinge, die uns früher aufgeregt haben, scheinen normal zu sein. Das Problem ist, dass wir das Leben normal werden lassen. Wir müssen Wege finden - auch kleine -, um das Leben wieder aufregend zu machen. Es braucht Mut, um die Komfortzone zu verlassen, aber du wirst die Belohnung für deine Bemühungen ernten. Wie kannst du also die Komfortzone verlassen?

▸ Setze dir ein Ziel und schreibe es auf

Der erste Schritt, um die Komfortzone zu verlassen, besteht darin, dein Ziel herauszufinden. Definiere es und schreibe es auf. Es ist wahrscheinlicher, dass du es erreichst, wenn es aufgeschrieben ist. Dabei solltest du darauf achten, es SMART zu formulieren.

▸ Träume groß und gehe noch weiter

Stelle dir vor, du hast keine andere Option. Nachdem du dein Ziel definiert hast, kannst du dir vorstellen, dass du keine andere Wahl hast als danach zu streben. Nimm das Auswahlelement weg und überzeuge dich selbst, dass dies getan werden muss.

▸ Lächle - täusche es vor, bis du es meisterst

Ein Lächeln ist eine magische Sache. Selbst wenn du es vortäuschst, zeigt die Forschung, dass du dich dadurch besser fühlen kannst. Unser Körper arbeitet auf erstaunliche Weise. Durch ein Lächeln fühlst du dich sicherer, wenn du dir sagst: „Ich kann das." Dein Lächeln zieht auch andere an; sie lächeln zurück und geben dir zusätzliches Selbstvertrauen. Es ist eine so einfache Lösung, die wir jedoch oft übersehen.

▸ Mach einen Schritt nach dem anderen

Wenn du besonders schüchtern bist, etwas Neues auszuprobieren, musst du dich nicht auf die Spitze treiben. Setze kleinere und kurzfristigere Ziele. Zum Beispiel: Ich habe Höhenangst, aber ich wollte mich meinen Ängsten stellen. Also habe ich mich für das Klettern an Felswänden entschieden. Ich habe meine Ziele aufgeschlüsselt in: Anmeldung für einen Kurs im Fitnessstudio, Die Trainingseinheit machen. Drei Stellen an der Wand auswählen, die ich erreichen will.

Die Spitze erreichen

Du wirst es vielleicht nicht ganz nach oben schaffen, aber du hast vielleicht einige der Schritte geschafft und bist stolz auf das, was du erreicht hast. Indem du dein Ziel in kleinere Schritte aufteilst, kannst du den Fortschritt messen und den Erfolg auf mehreren Ebenen erreichen.

Ins Tiefe springen

Vielleicht bist du nicht dafür gebaut, Schritt für Schritt in den Pool zu gehen. Es mag sich wie eine Qual anfühlen, wenn man es langsam angeht. Ziehe das Pflaster ab oder springe in die Tiefe und probiere es einfach aus. Sag dir selbst, dass du den Mut dazu hast.

Betrachte das Leben ohne Schokolade

Denk an deine Lieblingsspeisen, -aktivitäten, -orte und -menschen. Stelle dir jetzt dein Leben ohne sie vor. Einer der Hauptgründe für das Verlassen der Komfortzone ist, dass du nicht weißt, was du vermisst, bis du es versucht hast. Der nicht eingeschlagene Weg kann derjenige sein, der dich zu größerem Glück, größerer Gesundheit und größerem Erfolg führt.

Stelle dir dein besseres zukünftiges Ich vor

Stelle dir vor, wie du dein Leben verbessern kannst, indem du neue Dinge ausprobierst. Das Aufschreiben des Ziels ist ein wichtiger Schritt, um Erfolg zu haben, aber auch das Endprodukt. Stelle dir dein zukünftiges Ich in einem Monat oder in einem Jahr vor. Stell dir vor, wie dieses verbesserte Leben aussieht. Konzentriere deine Aufmerksamkeit auf dein besseres, zukünftiges Selbst.

Neue Möglichkeiten lassen uns weiter wachsen

Das Ausprobieren neuer Dinge treibt uns an. Neue Möglichkeiten sind die Würze des Lebens. Selbst kleine Veränderungen, wie zum Beispiel ein anderer Weg zur Arbeit, können dazu führen, dass wir uns glücklicher fühlen. Was auch immer du tun kannst, um dein Ziel zu verwirklichen, du solltest diesen Schritt machen. Du hast nichts zu verlieren, wenn du es versuchst. Gehe geradeaus, verlasse die Komfortzone und sieh, was passiert.

Suche etwas wofür du brennst

Wenn du erfüllt, glücklich, zufrieden sein und inneren Frieden und ultimative Erfüllung erfahren möchtest, ist es entscheidend, dass du lernst, wie du deine Leidenschaft und deinen Lebenszweck findest. Für manche Menschen ist es nicht so einfach, eine Leidenschaft zu identifizieren. Du fragst dich vielleicht: „Was soll ich mit meinem Leben anfangen?“, „Was ist meine Leidenschaft?" oder „Was ist mein Lebenszweck?“. Die folgenden Tipps können Abhilfe schaffen:

Entdecke Dinge, die du gerne tust und die dir leicht fallen

Wir alle werden mit einem tiefen und bedeutungsvollen Ziel geboren, das wir entdecken müssen. Dein Zweck ist nicht etwas, das du erfinden musst; er ist schon da und du musst ihn aufdecken, um das Leben zu erschaffen, das du willst.

➡ Was machst du am liebsten?

____

____

➡ Was fällt dir leicht?

____

____

Frage dich, welche Eigenschaften du am liebsten ausdrückst

- Welche zwei Eigenschaften drückst du in der Welt am liebsten aus?

____

____

- Auf welche zwei Arten drückst du diese Eigenschaften am liebsten aus?

____

____

Erstelle eine Lebenszweckerklärung

Nimm dir einen Moment Zeit und schreibe eine Beschreibung, wie die Welt aussehen würde, wenn sie genau nach deinen Vorstellungen funktionieren würde. Schließlich kombinierst du alles zu einer Aussage, um eine klare Vorstellung von deinem Zweck zu haben.

Befolge deine innere Führung

Was wäre, wenn ich dir sagen würde, dass du ein eigenes Leitsystem in dir hast, das dir dabei helfen kann, von deinem Lebensabschnitt zu deinem Ziel zu gelangen? Es ist dein inneres GPS. Es ähnelt dem GPS-System, das du in deinem Auto oder auf deinem Telefon verwendest. Was gibst du als Erstes in dein GPS ein, wenn du in dein Auto einsteigst und ein bestimmtes Ziel ansteuerst? Zunächst wird der aktuelle Standort ermittelt. Sobald du den Aufenthaltsort ermittelt hast, bekommst du eine Wegbeschreibung zu dem Zielort. Damit das System funktioniert, muss dir lediglich der Startort und das Endziel bekannt sein. Das Navigationssystem berechnet den Rest mithilfe eines Bordcomputers, der Signale von mehreren Satelliten empfängt und die genaue Position berechnet. Dann zeichnet es einen perfekten Kurs für dich. Alles, was du ab diesem Zeitpunkt tun musst, ist den Anweisungen zu folgen, die du zum Erreichen des Ziels erhalten hast.

Entscheide, wohin du gehen möchtest

Alles, was du letztendlich tun musst, ist zu entscheiden, wohin du willst, indem du die Vision klarstellst, dann dein Ziel durch Zielsetzung, Bestätigung und Visualisierung festlegst und anschließend die Maßnahmen ergreifst, die dich in die richtige Richtung bewegen. Mit jedem Bild, das du visualisierst, gibst du das Ziel ein, zu dem du gelangen möchtest. Ein Tisch am Fenster, Sitzplätze in der ersten Reihe bei einer Konferenz, erstklassige Tickets im Musical, ein Raum mit Meerblick oder eine liebevolle Beziehung. All diese Bilder und Gedanken senden Anfragen an das Universum. Wenn du dir selbst nicht im Weg bist - was bedeutet, dass du den Prozess nicht mit negativen Gedanken, Zweifeln und Ängsten unterbrichst -, entfaltet dein inneres GPS die nächsten Schritte auf deiner Route, während du dich weiter vorwärts bewegst.

Mach dir dein Lebensziel klar

Sobald du dir klar über das bist, was du willst und dich ständig darauf konzentrierst, wird alles viel leichter. Du wurdest mit einer inneren Führung geboren, die dir anhand der Freude, die du empfindest, sagt, wann du auf oder abseits des Kurses bist. Die Dinge, die dir die größte Freude bereiten, stimmen mit deinem Ziel überein und bringen dich dorthin, wohin du gehen willst. Nimm dir Zeit, um ehrlich und offen darüber nachzudenken, wo du dich gerade in deinem Leben befindest und was du mit deinem Leben anfangen möchtest. Denke an die Zeiten, in denen du die größte Freude in deinem Leben erlebt hast. Eine Technik, die du verwenden kannst, um deinen Zweck zu bestimmen, ist das Durchführen einer Freudenüberprüfung. Nimm dir etwa 30 Minuten Zeit und erstelle eine Liste aller Momente, in denen du die größte Freude in deinem Leben hattest. Dann suche nach einem Muster zwischen all diesen Momenten. Da wir wissen, dass Freude ein Teil des internen Leitsystems ist, das dir sagt, wann du auf Kurs bist, kannst du viel über deinen Lebenszweck herausfinden, wenn du diese Freudenüberprüfung abschließt.

Richte deine Ziele auf die Lebensziele aus

Wir sind alle begabt und haben eine Reihe von Talenten und Interessen, die uns sagen, was wir tun sollen. Sobald du weißt, was dein Lebenszweck ist, organisiere all deine Aktivitäten rund um diesen Lebenszweck. Alles, was du tust, sollte Ausdruck des Zwecks sein. Wenn eine Aktivität oder ein Ziel nicht zu dieser Formel passt, arbeite nicht daran. Ignoriere jedoch nicht die Anzeichen dafür, dass dein Job oder deine Karriere nicht zu dir passt. Wenn du dich vor Montagmorgen fürchtest und an den Wochenenden lebst, könnte dies ein Zeichen dafür sein, dass es Zeit ist, deinem Herzen zu folgen und der Arbeit nachzugehen, die du dir wünschst.

Lehn dich in dein wahres Leben hinein

Wenn du mehr Klarheit über deinen Zweck gewonnen hast, musst du dein Leben nicht auf einmal komplett überarbeiten. Lehn dich stattdessen einfach Stück für Stück hinein. Fange an, deinen Zweck jeden Tag ein wenig ausführlicher zu leben und achte auf die Rückmeldungen, die du von anderen erhältst, in Bezug auf die Ergebnisse, die du erzielst und auf deine Gefühle. Somit wirst du dich viel besser und im Einklang mit dir selbst fühlen.

Zusammenfassende Schlussworte

Ein gesundes und robustes Selbst aufzubauen, erfordert zweifellos Arbeit und konsequente Anstrengungen. Tatsächlich braucht es Zeit, da es nichts ist, das du über Nacht aufbauen oder verwandeln kannst. Ebenso ist es nichts, das du einmal durcharbeiten und dann für den Rest des Lebens vergessen kannst. Die Transformation des Selbst ist etwas, an dem du konsequent arbeiten musst. Es muss sich ständig ändern und weiterentwickeln, wenn du neue Meilensteine auf deinem Lebensweg erreichst. Diese Reise muss jedoch nicht schwierig sein und in einem Zug abgeschlossen werden. Lass dir Zeit. Setze dir kleine Tagesziele - und über viele Wochen, Monate und Jahre hinweg wirst du beträchtliche Fortschritte machen, wenn du herausfindest, wer du bist und wer du sein möchtest. All diese Methoden und Tipps, die in diesem Buch aufgeführt sind, werden dir im Laufe der Zeit helfen, die inneren Blockaden, negativen Gedanken und Gewohnheiten zu brechen und ein angstfreies, gezieltes Leben zu führen, weit weg von deiner Komfortzone.

Schlusswort

Beseitige Stück für Stück deine inneren Blockaden und lasse sie der Vergangenheit angehören. Nehme ihnen die Macht dich zu beherrschen und sei dein eigener Herr über dich und dein Leben. Entfalte endlich dein Potenzial und sieh, was möglich ist, wenn dich nichts mehr zurückhält.

Wenn dir dieses Buch gefallen und geholfen hat, dann würde ich mich sehr über dein Feedback freuen. So kannst du anderen Menschen ebenfalls dabei helfen, dass sie ihre inneren Blockaden beseitigen können.

Gehe dazu auf

www.amazon.de/ryp

und hinterlasse eine Rezension – du kannst das in 2 Minuten erledigen und hilfst mir und anderen zukünftig Befreiten dadurch enorm weiter.

Viel Spaß und viel Erfolg

Paula Weinbach

Weitere Werke von KR Publishing

Die Klartraum Methode

- Paula Weinbach -

In diesem Buch erfährst du:

✓ Wie du jeden Tag zusätzlich einige Stunden an wertvoller Zeit gewinnst.

✓ Wie du dein Unterbewusstsein erforschen und programmieren kannst.

✓ Wie du komplexe Probleme im Schlaf löst und kreativer wirst.

Und noch Vieles mehr!

AUSGEGRÜBELT!
Grübeln stoppen in der Praxis

- Paula Weinbach -

In diesem Buch erfährst du:

✓ Wie du negative Gedanken endlich stoppen kannst.

✓ Wie du innere Blockaden beseitigen kannst und zur Ruhe kommst.

✓ Wie du dir nicht mehr über jede Kleinigkeit den Kopf zerbrichst.

Und noch Vieles mehr!

Hochsensible Kinder

- Paula Weinbach -

In diesem Buch erfährst du:

✓ Wie du dein hochsensibles Kind bestmöglich unterstützen kannst.

✓ Wie du deinem Kind das Leben erheblich erleichtern kannst.

✓ Welche Methoden euch auf eurem Weg am besten weiterhelfen.

Und noch Vieles mehr!

Konfliktfrei durch
Gewaltfreie Kommunikation

- Johannes Lichtenberg -

In diesem Buch erfährst du:

✓ Wie du Konflikte gewaltfrei löst.

✓ Wie du eine Beziehungen langfristig verbessern kannst.

✓ Wie du deine Gesprächspartner unbemerkt analysieren kannst.

Und noch Vieles mehr!

ESSENTIALISMUS

- Johannes Lichtenberg -

In diesem Buch erfährst du:

✓ Wie du täglich Zeit dazu gewinnst, wenn du dein Leben auf das Essentielle reduzierst.

✓ Wie du mental aufgeräumter wirst und so zu mehr Klarheit gelangst.

✓ Wie du durch Weniger im Leben, stressfreier und besser lebst.

Und noch Vieles mehr!

STOIZISMUS

- Johannes Lichtenberg -

In diesem Buch erfährst du:

✓ Wie du zum Fels in der Brandung wirst und jede Situation meisterst.

✓ Wie du die unerschütterliche Gelassenheit eines Mönchs erlangst.

✓ Wie du resistent gegen Stress wirst und dich nie wieder aufregst.

Und noch Vieles mehr!

Best of ALLGEMEIN-WISSEN

- Frederik Holm -

In diesem Buch erfährst du:

- ✓ Warum Allgemeinwissen so wichtig ist.
- ✓ Wie du Allgemeinwissen am besten und leichtesten lernen und behalten kannst.
- ✓ Umfassendes Allgemeinwissen zu 16 verschiedenen Themen.

Und noch Vieles mehr!

EINSERKANDIDAT
Stressfrei zur Bestnote

- Frederik Holm -

In diesem Buch erfährst du:

- ✓ Wie du mit genialen Lerntechniken endlich das Lernen lernst.
- ✓ Wie du stressfrei Bestnoten schreiben kannst.
- ✓ Wie du vom Aufschieber zum Lernprofi wirst.

Und noch Vieles mehr!

Intervallfasten
für Frauen

- Pauline Höppner -

In diesem Buch erfährst du:

- ✓ Wie du ohne Sport effektiv und langfristig abnehmen kannst.
- ✓ Wie du nur mit einer Stoppuhr dir die Kilos schmelzen lässt.
- ✓ Wie du ohne Verzicht auf Süßes deine Wunschfigur erreichen kannst

Und noch Vieles mehr!

Lust auf mehr? Unser Geschenk an dich!

Vielen Dank für den Kauf von diesem Buch und deinem damit verbundenen Vertrauen in uns als Herausgeber und in Paula Weinbach als Autorin dieses großartigen Buchs. Das bedeutet uns wirklich viel, weshalb wir dir den Ratgeber „Habit Hacks - 10 unscheinbare Schlüssel Gewohnheiten, die dein Leben verändern", als Download schenken - vollkommen gratis! Zudem möchten wir dir die Möglichkeit eines direkten Austauschs mit der Autorin anbieten. So kannst du z.B. deine Fragen, dein Feedback oder deine Anregungen Paula zukommen lassen - eine tolle Möglichkeit für die Kommunikation zwischen Leser und Autorin!

Diese kleinen und unscheinbaren Schlüssel Gewohnheiten verändern dein Leben - erfahre:

- ✓ wie eine kleine Veränderung beim Duschen deine Disziplin stärkt und dir einen Energiekick verschafft...
- ✓ wie eine Prise Salz dir einen Kickstart am Morgen verschaffen kann...
- ✓ wie eine kleine Einstellung an deinem Smartphone & Computer deinen Schlaf verbessert...
- ✓ noch weitere geniale und unscheinbare Habit Hacks!

Wenn du bereit bist, dein Leben mit einigen simplen Habit Hacks auf das nächste Level zu bringen, dann gehe jetzt auf

www.KRPublishing.de/blo

und sichere dir dein kostenloses Exemplar als digitalen Download.

Impressum

Herausgeber:

KR Publishing UG (haftungsbeschränkt)
Mundsburger Damm 26
22087 Hamburg
Deutschland